U0052181

蝴蝶 Seba

蝴蝶
Seba

蝴蝶

Seba

蝴蝶

Seba

蝴蝶館 60

Seven

蝴蝶*Seba*◎著

elegantbooks

目次

Seven

「那麼，就這樣，絕對不能說。」、「沒錯，就算嘴巴被撕開也絕對不能說。」

「不但是我們倒楣……爸爸也太可憐了。」、「是的，沒錯，絕對不能說。」

她睜開眼睛，眨了眨，金黃色的浮塵在陽光下閃閃發亮。

「奇怪，怎麼會做小時候的夢……」她喃喃自語。

「嗯，最近趕稿趕太凶嗎？」鍵沉思。

「鬼屋的關係吧。呵呵……」么發出令人牙齒發酸的低笑。

「血！腦漿！腸子！……寫這些就不會做那種無聊的夢了。」貳一如往常的吼，所有人也一如往常的無視。

因為接近朔日，所以月在一旁沉睡。

「隊長，妳在刷牙，本來不該告訴妳……」玄輕笑了一聲，「但是『那個』在我們背後。」

除了詭笑的么和見怪不怪的玄，所有的人都安靜下來。後背的冷風若有似無的吹在耳畔，寒毛都豎了起來，近視這麼深，而且在背後，居然能夠模模糊糊的看到……違反人體工學扭曲度的……「那個」。

參立刻轉移話題，「我、我想，是因為昨晚又看了《二十四個比利》的關係吧？」

「原來如此。」她安心了。

「一定是的。」參點頭。

「呿，我還以為會有腦漿和血或腸子，結果是個乾枯老太婆。」貳一臉無聊，「不過和《二十四個比利》的結局比起來……比利比較有震撼效果。」

「難得小貳的話也有道理。」鍵沉思了一會兒，「我要特別在會議紀錄註明。」

「就是……不對！」貳大怒，「什麼叫做難得有道理？我一直很有道理好不好？宰了妳！」

「ZzzzzZzz……」月非常和平的繼續沉睡。

「你們有空吵架不如把月搖醒。沒她怎麼交稿子？」她忍不住嘆氣，「編輯說，愛情成分太少了。再不讓月起床夢囈一下，我們都要餓肚子了。」

勉強把月吵醒，結果她哭哭啼啼又喊著要男朋友要愛情，其他人一面哄她或嘲笑她，總算在漱洗時間把修改方向搞對了，會議結束。

戴上眼鏡，背後讓人發涼的「那個」又爬回廁所天花板安居了。

鏡子裡，卻只有她一個人。她嘆氣，把長髮梳成麻花辮。

這就是他們的祕密……或許在別人眼中，就是「吳漱芳」的祕密。

她叫做吳漱芳，昨天是她二十八歲的生日。出生在一個很普通的家庭，父母都是公務員，感情不特別好也不特別壞，對她們三姊妹雖說不上頂級模範父母，但也盡心盡力。

漱芳排行在最中間，上面一個姊姊，下面一個妹妹。姊姊和妹妹感情比較好，偶爾會聯合起來欺負她一下，但也是很正常姊妹拌嘴的範圍，並不過分。

也就是說，她出身於非常平常的家庭，擁有非常平凡的家人。她小時候也沒有什麼特別之處……就是反應慢了點，喜歡自言自語。

但這是小孩子都有的通病，沒什麼稀奇。

上了小學，也保持著中庸的本色，不出彩，但也不壞。反應慢變成慢半拍，別人笑她天然呆，她也不生氣。保持著好脾氣，靜靜的聽人說話。

除了她與人交談，稱呼自己喜歡說「我們」，稱呼別人喜歡說「你們」，這也是小孩子常有的語氣，沒什麼人注意。

她的成績很普通，作文卻意外的好。尤其是論說文，可以寫得四平八穩無懈可擊，在小孩子當中，這樣的水準常常讓老師很驚嘆。

手帕交很羨慕，問她怎麼做到的，她卻滿臉莫名其妙，「商量呀。商量完就知道怎麼寫了。」

「跟誰？」

「自己啊……我們。」

到最後雞同鴨講的鬼打牆，手帕交跟她切八段，絕交了。

這是第一次漱芳意識到，自己跟別人似乎有點不同。

後來國小三年級的時候，發生了一件很小的事情。他們家附近作醮大拜拜，鑼鼓喧天中，她差點跟著走。若不是他們中一個急喊，「別去！去了就回不來了……我有這種感覺。」

之後漱芳替他取了個名字，叫做「玄」。

但這不是件好事情，因為從此就過得很玄了……常常會碰到「那個」。

可在大家努力模糊焦點、轉移注意力，甚至背國父遺囑和九九乘法之後，「那個」很少造成大家的麻煩，真正的麻煩是上了國中以後，開始進入青春期的同學。

這個時候，她心裡矇矇朧朧的迷惘，終於因為被同學排斥而漸漸證實，並且震驚。

同學因為她往往會坐在那兒面部表情變幻和無聲的自言自語而覺得她是怪胎，但她也被震撼得幾乎說不出話來。

原來別人真的只有自己一個「自我」，而不是「他們」！

她在最慌張失措的情形下，找了一堆心理學的書，半懂半不懂的看。最後看到《二十四個比利》，結局讓全體沉默了。

「……那個，你們，會想取代我嗎？」漱芳顫顫的問。

「笑欸。」貳瞪她。

「隊長妳這樣不行，堅強點。」玄嘆氣。

「似乎很有趣……呵呵呵……」么陰森森的笑，「但太麻煩了。」

其他人嘮叨的安慰她，鍵搖頭，「我們就好像手掌上的手指……尾指會想替代大拇指嗎？」

「沒有七根手指的手掌。」參很誠懇的抗議。

「七指會交不到男朋友！」月柔弱而慌張的哭。

……我們是……多重人格，對吧？但比利那麼激情，我們卻這麼和平……正確嗎？可所有人都對比利的結局毛骨悚然。

誰也不想在精神病院渡過餘生。

「爸爸也沒有對我們做奇怪的事情。」參扶額，「萬一被知道的話……」

再一次的，全體沉默。

「那麼，就這樣，絕對不能說。」、「沒錯，就算嘴巴被撕開也絕對不能說。」

「不但是我們倒楣……爸爸也太可憐了。」、「是的，沒錯，絕對不能說。」

於是在國一的時候，漱芳就開始練習面無表情。但刻意的面無表情和偶爾忘記的神情變化或悲或喜，有時被「那個」驚嚇或忘我的「內部會議」，只是讓她更被孤立而已。

她從此被認為是怪人，一直到升上高中，還是沒擺脫「神經病」和「怪人」的形象。

青春期，荷爾蒙飆高的時代。

千不該，萬不該，她繼「玄」之後，又替那個愛做夢的傢伙取了個「月」這個名字。

然後就開始了整個混亂的高中時代，混亂到不堪回首，不知所云。

正處於最不穩定的青春期，所有的人都有強烈的憧憬，而最愛做夢的月又有了自己的名字，更是暴走得亂七八糟一塌糊塗。

所以她高二就跟學長離家出走了，少年同居還自願打工養學長，然後因為失戀一整個自暴自棄，直到她替最冷靜的那一個取名為「鍵」，才勉強把這種暴走狀態終止掉。

不要說父母對她失望，連老師同學都非常鄙夷，她也覺得很羞愧，但也更無奈。

別人一個自我，渡過青春期就常常滅頂，她渡的是七個人的份，其實更不容易啊……

但她還是只能沉默的默默念書，這種成績能畢業就千幸萬幸額手稱慶了，別想考得到大學。

這個時候她才發現自己嚴重的錯誤。她這個「隊長」的取名，對全體有重大影響。幫玄取名就已經跟「那個」扯不清了，還把強烈憧憬愛情的月也取了名。若不是冷靜的鍵和她合力，早就不知道被青春期暴走到哪去了……後果實在太可怕。

而且最慘的是，之前他們七人宛如一人，時間感跟別人不同。當他們內部溝通的時候，一秒遠勝別人的十分鐘，只有在專注面對目標，譬如上課寫作業之類的，才會回歸正常人的時間感，但也融合的很統一。

自從青春期的暴走以後，替三個人取過名字，雖然內部溝通的時間感依舊如此，但每個人的自我更強烈清晰，統合協調感變差了。

「……是我這個隊長無能。」漱芳很沮喪。

「不！是、是我的錯！我不該提議跟學長走……跟別人上床也是我的主意……哇～」月大哭起來，「我只是想愛與被愛而已啊……」

「是我們全體同意的。」鍵淡淡的提醒，繼續作會議紀錄。

「沒錯……隊長，左後方又有一隻靠近……我們別站在這兒聊天。」玄推了推眼鏡。

「血、腦漿、腸子！」此時尚未命名的貳鬼叫。

「還沒到底呢……這不是真正的深淵。」此時尚未命名的么有點失望。

「隊長無能是我們全體的責任，不能只怪隊長呀！」此時尚未命名的參握拳，非常誠懇。

「……謝謝。」漱芳就知道，自己人開過會，就會用很離題很另類的方法激勵起來。

最後她決定不再命名有意義的名字。但已經人格色彩太強烈，又覺得很可憐，所以用數字來取名，於是有了么、貳、參。

只是沒想到取名後，他們的人格還是很不受拘束的離題發展（還是太切題發展？）……

本來就很陰陽怪氣的么妖氛濃重，天天吼血腦漿腸子的暴力狂貳更中二，擅長用誠懇和無邪刺激（刺傷）夥伴的參更不知道該怎麼講。

但也因為人格特質實在太強烈了，連家人都有點受不了她的變化，加上餘韻不絕的青春期強化了玄的力量……所以他們家開始鬧鬼了。

在不知道何去何從和前途茫茫中，月在熱戀期死命要寫的一部言情小說，在全體看熱鬧和惡搞的加成下，完稿並且寄出去，她都快忘了這件事情……結果那部極惡搞和白爛兼滴著濃稠蜂蜜戀愛調的小說，居然過稿了。

考慮了很久，漱芳決定搬出去住。大學當然也不念了。

家人已經開始起疑心，要帶她去精神科看病了。而且又鬧鬼鬧得人心惶惶。他們都很喜歡爸爸媽媽和姊妹，並不想親手摧毀自己的家庭。

既然月主導的那種玩意兒都能過稿……說不定，憑著全體會議的群策群力，能夠養活自己呢。

果然團結就是力量，在他們七個的努力下，雖然沒有成為天后或紅牌，最少也是二線，養得活大家。

只是，青春期的餘韻終究會過去，一直很激情很粉紅很浪漫的月漸漸冷卻，更符合她的名字：陰晴圓缺，初一十五不一樣。

隨著月光的變化，月圓最清醒正常，月開始缺就開始瞌睡，到了月末，更是睡得一塌糊塗天昏地暗，叫都叫不醒。

結果他們間的當家花旦一個月呈現廢了半個月的狀態……這對一個言情小說家來說，是糟糕到不能再糟糕的狀況。

但月開始進入真正月亮狀態時，他們還是面臨常常搬家的窘境……因為老是把租來的房子住成鬼屋……會進化的鬼屋。

漱芳無言，「我以為玄也會……青春期都過了。」

玄推了推眼鏡，含蓄的說，「隊長，妳取的這個名字很安定。」

……也就是說，只會增強不會減弱嗎?!

「如果我們找個道門修煉，說不定……」

但玄的話還沒說完，就讓其他人異口同聲，「反對！」

絕對不要相信這個玄得要命的傢伙。之前內部會議在玄的提議下，真的去參加了幾次禪修……結果只是更鬧鬼，鬧到鄰居抗議，禍延樓上樓下，只是朝更惡化的方向大步前進。

別看貳那個暴力狂好像很猛，其實只是裝的。玄和么老神在在的談笑風生，貳也跟其他人一樣縮在一起發抖。

不過見怪不怪，其怪自敗。在搬了幾次家，勉強找到一個鬧鬼不會鬧太凶的地方，也就安定下來了……反正只有浴室天花板有點問題，不怎麼嚴重。

比較難對付的不是這些只會嚇人的「那個」……好啦，偶爾會在手或腳出現血流不止的不明傷口。但漱芳血壓很低，低到醫生驚恐，出血其實也不太嚴重……偶爾沒注意出門會嚇到路人而已。

真正難對付的是編輯，她的責任編輯現在正打電話來碎碎唸，「……夢想！愛情！漱芳妳是怎麼了，越寫越沒有愛的味道……說好的滾床單呢?!人家可以一滾三五頁，妳只滾了三五行！這是愛情小說不是詭異小說！那些鬼啊怪啊就不要了，寫那些幹嘛……」

「女主角是妖怪。」漱芳小心翼翼的回答，「所以……」

「除了愛情別的不要告訴我！」編輯非常抓狂，「什麼腦啊血漿啊，不要出現啦！心智成長？那是啥？能夠吃嗎？可以賣嗎？男主角強勢一點邪佞一點啊！妳都寫了十年了，不要犯這種新手才犯的錯誤！這次就算了，勉勉強強，下一本妳再這樣真的我要直接退稿了！」

「是是是……」漱芳陪小心。

掛上電話，全體無言片刻，除了睡得糊裡糊塗的月，很一致的嘆氣。

「跳槽啦！」貳超不爽，「血！腦漿！腸子！這樣才有暴力美學啊！太不懂欣賞了……」

「跳去哪？」漱芳冷冷的說，「這年頭混口飯吃不容易……除了這個，我們還能幹嘛？」

這次連貳都沉默了。

二十八歲，沒念過大學，無一技之長，還有個不能說的絕對祕密。糟糕的是，這十年來，不知道是過度趕稿的關係，還是負荷了七個人的心靈之故，身體越來越糟了。

血壓低到不可思議，眼睛也出了狀況。照醫生的說法，她應該預先學一下點字系統，為可能的盲人生涯作準備……她的近視實在太深，深到視網膜不可能正常工作。

加上那個低破表的血壓，她應該在墓地長眠而不是好好的坐在醫生面前等著看病。

但除了偏頭痛和惡性失眠，坦白說，她並沒有什麼太大的不舒服……莫名其妙的外傷早讓她無視了，反正也流不出太多血。

「這幾天似乎要去看醫生。」鍵提醒她。

漱芳趕緊翻箱倒櫃的找掛號單，「還好還好，明天看病。好吧，反正完稿了……娛樂時間！」

全體歡呼，她打開word，「這次來寫么上次的提議好不？那個妖怪的故事……」

「呵呵，好啊……」么笑得很詭異。

「加一點靈異會更有趣唷。」玄推了推眼鏡。

「血！腦漿！腸子！」貳熱血沸騰的大喊，一如往常的被所有人無視。

「精彩就好，不要像隊長寫的愛情小說那麼難以下嚥就可以了。」參無邪的笑。

「…………」漱芳覺得很納悶，什麼都能習慣，為什麼參的心靈攻擊總是對她有效？

鍵只是微笑，仔細的記錄著會議紀錄，在漱芳偏離了大綱時細心提醒。

是的，漱芳的娛樂同樣也是寫。喜愛閱讀的他們，因為興趣廣泛的緣故看了許許多多的書，但也偏食的很厲害。而作為工作的言情小說實在不想看了，所以自己寫自己人想看的小說。

這當然在不良的健康上雪上加霜，但是自己人卻因此感覺滿足，生活還有點意思。

但因為他們遭逢太多神祕的事件，電腦往往在不可預期下損毀……所以這些大雜燴似的故事，被他們拿去貼在自己的部落格，並且禁止回應，也沒有留言板。

這個部落格本來就是為了他們自己成立的，別人不關他們的事情。

大概也是為什麼漱芳獨居十年沒有出現心理異常的緣故……他們七個既是一體，也是獨立的。人類群居的基本欲望，對她來講一點問題也沒有……反而她對其他人感到好奇，只有自己一個……不會很孤寂嗎？

雖然這個絕對不能說的祕密，逼她離開人群，甚至很少回家，但她從來沒想過要捨棄當中任何一個。

只是她也沒有真正見過其他人的面容……應該說，他們都是黑暗中朦朧的影子，只有隱約的輪廓，但沒有名字之前，她就不曾認錯過，有了名字當然更不會犯這種錯誤。

那天，其實是很平常的一天。

她的惡性失眠一直都靠安眠藥來拯救，但終於換藥換到無藥可換了。醫生看著這個血壓依舊低破表的病患，啞口無言，最後悶悶的建議她不要再吃安眠藥。

「欸?!」潄芳很緊張，「但是不吃安眠藥我根本睡不著！」

「……妳去買個感應艙[1]吧。」醫生將頭別開，「已經沒有安眠藥對妳有效了。」

「感應艙……健保有給付嗎？」潄芳誠懇的問。沒辦法，她和社會脫節的厲害……讀資料、寫餬口的、寫娛樂的，她連看電視的時間都沒有。

「當然沒有！」她被醫生很凶的驅逐出境。

1：本作設定與全息遊戲進行連線的基礎設備。

後來他們花了很多時間查詢感應艙的資料……全息型網路遊戲[2]欸！雖然流行很久了，但他們根本就不會去注意到……因為很貴。

但在惡性失眠和偏頭痛的巨大壓力下，一直活得很節儉的漱芳終於忍痛分期三十六個月，買下一個感應艙。

遊戲名稱為曼珠沙華，但和說明書不一樣。

漱芳根本沒得選，就讓系統大神直接分配扔進這個遊戲世界了。等她意識到她已經進入曼珠沙華時……轉頭一看，和其他六個人面面相覷。

這是第一次，她真正的和自己人完完全全的面對面。因為太驚駭了，連很中二很吵的貳都沒有聲音，所有的人一片悄然。

但讓漱芳最驚駭的卻是……他們當中有一半是男生！

好吧，有三個男生……貳，不意外，那種暴力狂兼中二唯有男生才能數十年如一日，玄……勉勉強強，但么居然是男生，實在很可怕！

真正讓她無法接受的是，用無邪氣的誠懇心靈攻擊我方夥伴的參，居然是女生！

連頻頻打瞌睡的月都驚醒了，顫顫的看著那三個男生，「你們……你們是ＢＬ[3]嗎？」

「靠！老子這麼英明神武怎麼可能是粿[4]！」貳怒吼。

「我性取向很正常。」玄含蓄的說，推了推眼鏡。

「呵呵呵……」么笑得令人更發毛。

「……天啊！那我跟親愛的這樣又那樣的時候……」月花容失色，「都被你們看光了！」然後她就哭了。

漱芳是不想哭，但卻覺得很囧，囧大了。身為隊長，他們對外生活的時候，是以女性的面貌面對世界。如果細想這部分的話實在……

2：全息遊戲，或稱全像遊戲，全像技術本指類似立體投影，或是使影像具有立體感的技術，此處借指以全３Ｄ影像構成環境的遊戲，可視為虛擬實境。現有的虛擬實境技術，多半僅視覺與聽覺具有立體感，與虛擬物件互動的方式則與使用滑鼠類似。

3：Boys' Love的縮寫，為日本動漫中描述男男相戀的作品類別。

4：源自《銀魂》的中譯諧音梗「我不是Gay，是桂！」

「這有什麼好哭的。」貳不耐煩，「反正這樣那樣的時候，我都到對方身上，以男子漢的身分這樣又那樣！」

「咦，貳，你也這樣處理啊？」玄很感興趣，「我也是呢。」

「我兩邊跑，滿有趣的。」么笑得很詭異。

……這不是更糟嗎？對自己這樣又那樣？

或許是大家都想到差不多的事情，所以很一致的沉默下來。

不行，這樣會離心離德導致內部崩潰。

鍵咳嗽一聲，「這個議題……容後再議如何？反正短期間內不會有類似困擾。」

「贊成。」、「沒錯。」、「不要深想比較好……」

全體通過，暫時擱置性別問題。

因為更重要的問題逼在眼前。他們被系統大神直接丟到神民類別，在出生國陌桑。種族既然沒有差別，職業當然也更缺乏選擇。

於是，男生都是劍俠，女生都是藥師。

在全體狂翻說明書並且回憶搜尋資料的時候，發現了這個可怕的事實。

神民！全曼珠沙華公認最廢的種族！目前人口數……七人。神民藥師出了名的補血疲軟攻擊薄弱。神民劍俠稍微好一點點……皮厚了一點，並沒有太大的幫助。

而且他們全體都是有志一同的路痴，神民的新手任務也是迷路者的十八層地獄。

「砍掉重選吧？」漱芳有氣無力的問。

「系統大神不會給我們重選的。」玄安然而篤定的說。

其他人完全不想知道這個玄之又玄的傢伙為什麼知道。

「一開始我就說該去涅盤狂殺[5]！血！腦漿！腸子！」貳很囂張的狂叫。

這傢伙……真不會做出什麼難以挽回的事情嗎？

「放心吧。」鍵保持她冷靜的本色，「這傢伙也就喊喊而已，妳給他把菜刀，他只會虛張聲勢，所謂『葉公好龍』。」

5：與曼珠沙華相仿的另一個遊戲，以玩家間的競技搏殺為主要特色。

「沒錯沒錯！」參保持她無邪氣的笑容，然後開始模仿貳，拿了一根樹枝，沉聲：「我砍囉，真的砍囉！不，還是刺吧……要刺多深，欸你們，別無視啊，我真的要刺囉∼」

「……臭女人，我宰了妳！」貳暴了青筋，臉上卻有可疑的紅暈。

全體吵吵鬧鬧中，只有歹命的隊長漱芳抱著腦袋苦苦的思考。她覺得這樣實在太危險了……情況詭異到不能再詭異。她都疑心系統大神知道他們全體的真相……

「不要玩好了。我們的祕密可能會曝光。」她果決的說。

「我們的健康……再失眠下去不是辦法。」鍵冷靜的勸告。

「往好的地方想嘛，說不定會有浪漫的邂逅。」月交握著雙手，雙眼冒出泡泡和小花。

「系統大神會替我們保守祕密的。」玄露出高人一般的笑，沒有人想問他為什麼。

「被發現也有危險的樂趣呀……呵呵呵……」么感興趣的翻著自己的個人日誌[6]。

「而且不能退貨唷，三十六期貸款只付了第一期。」參很熟練的來個會心一擊[7]，「我們可以說是賺到了呢！一個感應艙一張月卡[8]，可以同時七個人上線！不管從哪個角度計算，我們都賺大了！」

……真的，沒問題嗎？

事實上，很有問題。第一個問題就卡在他們的路痴上，連最冷靜理智的鍵都是方向殺手。

但團結就是力量，誠不我欺。最後把區域地圖分配成七份，每個人死背一份，到哪個地圖就該哪個人帶路，帶錯要受到全體無情的嘲笑。

在這種艱困的相互嘲笑和迷路中，貳終於發揮他的所長……非常無腦往前砍過

6：遊戲中的一種資訊介面，記載各種須知項目以及任務內容，方便玩家查詢。

7：遊戲用語，意指命中要害的一擊。

8：網路遊戲的付費模式之一，即所謂的月費制。玩家購買一個月的遊戲時間，除伺服器關機維修之外，任何時間皆可上線，因付費時所購得之序號密碼記在銀漆密封的卡片上，而被玩家簡稱為月卡。

去，「把所有的怪都殺光就對了！沒有怪的方向就是正確的方向！」

他埋頭狂殺，鍵盡責的替他補血幫殺，其他人援助……直到么學了剝皮，月學了烹飪，情形才有點改變。

因為他們倆老是吵架。

只要是能剝皮的怪，么都慢條斯理的剝，而且很感興趣的試圖解剖。月總是抱怨他剝過的動物屍體七零八落，沒辦法找到足以烹飪的部分。

么也會抱怨……抱怨人皮不能剝。

等其他人也學了專業技能，就漸漸脫隊和扯後腿。玄對植物很有興趣，精力充沛的參特別喜歡體力勞動的挖礦兼砍樹，他們這個驚險萬分的隊伍常常要在山谷或懸崖想辦法救回為了一根草、一塊皮或肉、礦石或木材而陷入各式各樣險境的自己人，超常發揮。

……或許失眠還比較好一點兒，漱芳想。但除了鍵同意她，其他人都投反對票。

太民主也是種痛苦，真的。身為隊長的漱芳頭回感到民主的強大副作用。

沒想到會在早上七點醒來。

雖然血壓還是很低，低到起床花了好一段時間，但她終於獲得充足的睡眠，而且習慣性的偏頭痛居然減輕好多。

太神奇啦！

以前就算吃了安眠藥，還是得在床上翻來覆去兩個鐘頭，才能勉強睡著，睡著還屢屢驚醒，總有各式各樣的「那個」加上斷斷續續的夢境打擾，睡眠時間再多，還是得不到充足的休息。

或許就是這種長期累積的睡眠不足和過度使用腦力的結果，才會更惡化了失眠和偏頭痛的毛病。

奇蹟似的，居然能在清晨醒來，全體活力充沛。

這三十六期的沉重分期還是有價值的。

至於她隱隱的憂慮，其實也沒造成什麼影響。雖然發覺了他們中間有男生，造成若干尷尬，但是她少年時閱讀了大量的心理學書籍，雖然忘得差不多了，還勉強記得一點片段。

據說每個人類都擁有男性和女性特質，只是比例問題，造成了男性和女性的認同。所以說他們七個人是三比四，女性略多，也是合理的。

而且內部會議和生活，也不如她想像的那樣產生分歧或有什麼不方便。他們還是七人宛如一人，她依舊是隊長。內部會議依舊召開得很和諧……一樣接編輯的電話一起挨罵。

寫了十年，真的不知道要怎麼發展新的愛情題材……其他題材倒是蓬勃發展，日新月異。娛樂寫得比餬口多，真是毫無辦法的事情。

他們的解決辦法是，趁月還清醒的時候，趕緊紀錄下她的夢囈和幻想，還有她想交往的類型……真是千變萬化歎為觀止，同時讓所有人沉默無語。

不足的部分，只好惡搞白爛和想盡辦法湊字數。但出版社常常會指定一些古怪題材，讓他們啞口無言、束手無策。

「台灣已經是總裁人口密度最高的地區了。這梗老到不能再老，快寫破一個世紀了。」漱芳發牢騷。

「那就……賣衛生棉的總裁怎麼樣？」參很樂觀的提意見，「這樣不但能有很白爛的開頭，也可以有很滾床單的中間，和非常搞笑的結尾。」

「……我對不純淨的血液不能接受。」貳第一時間就否決。

「哪裡不純淨了你講！」參很不高興。

漱芳阻止戰況擴大，「出版社不會允許的……想個比較正常的企業。」

「華雪[9]！」

「會被告！」

「寫得看不出來就好嘛！」

最後勉勉強強的達成會議共識，只在刷牙洗臉和外出吃早餐的時間，預計只要七天就能完稿了……反正已經組合完畢並且強迫全體看了都不喜歡看的文藝片……

除了月以外。

沒辦法，都寫這麼久了，這是一種職業病。若不是靠月那個永遠的夢幻少女，

9：本系列中經營曼珠沙華的虛構遊戲公司。

他們全體得考慮去路邊討飯……因為這種極度低落的體力和健康，連當個洗碗的都辦不到。

在電梯時，潄芳瞥了一眼鏡子。她面孔白得嚇人，連嘴唇的顏色都快沒了。黯淡的長髮梳成一條麻花辮，戴著厚厚的眼鏡，習慣性的面無表情。

半夜出來真的會嚇到人的氣質和身貌。

但她只瞥了一眼就轉開視線。因為鏡子可以反映出真實……所以她也看到不該看的東西。

「連嫁人逃避都辦不到呢。」回到家，她嘆氣。

「這個年代女性也得工作，全職家庭主婦很少見。」鍵冷靜的給予建議。

「剛剛那個看得好清楚啊……好像很古老呢。」玄淡笑，「不用文字封印起來會有麻煩喔。」

「……等寫娛樂的時候再來封印他吧。」潄芳覺得更黯淡。

是的。她命名自己人時的強烈能力，對外面的「那個」的確薄弱許多，卻還是有點用處。所以她在寫娛樂的時候，會順手寫進去封印，讓「那個」不會危害太烈……

這是長期在很玄的生活裡漸漸領悟出來的本事。

但不知道是哪個鄰居帶回來的「那個」，卻鬧得很凶，電梯不但會在不該停的樓層停，還好幾次玩自由落體，差點鬧出人命……雖然沒真的摔到樓底，但是有個老先生嚇得心臟病發作，驚動到救護車。

但她在工作期間，實在沒有精力另外寫娛樂。百般無奈下，她在言情小說中天外飛來一筆，加入了這個靈異事件，不管編輯怎麼罵，她都堅持不改。最後編輯妥協了……因為漱芳難得加了幾百斤的蜂蜜，讓這起靈異事件變成男女主角加溫的關鍵。

當然，自從書諸文字後，那個怎麼檢查都檢查不出毛病的電梯，也恢復了正常。

這就是她屢屢把住處住成鬼屋，卻只有一些不要緊的小傷的主要緣故。至於那些頑強的大角色……譬如她浴室天花板住著的「那個」，她寫了好幾次也無動於衷，幸好沒有太大的惡意，所以也就算了。

現在她也跟其他人一樣，開始有點喜歡感應艙了。不管他們這群多鬧多虛多令人無言……最少曼珠沙華不會遇到「那個」。

直到他們結束所有新手任務，跌跌撞撞的朝外發展……她才對自己安心得太早，表示極度的後悔。

其實在新手任務，就有點怪怪的感覺……雖然這是第一個全息網路遊戲，但她多少打過電動，不是很陌生。

一開始，他們都覺得實在太真實了……所有的一切，而且美得如詩如畫。但是他們初次探訪桃花林時，雖然外圍長得太密，導致他們進不去，但他們退得遠遠的，帶點敬畏懼怕的情緒屏息以視。

桃瓣紛飛，真不是他們的繭居生涯看得到的。但是核心有某種東西……卻也不是他們想接近的。

自從給玄命名以後，真的過得很玄……但會給玄命名的契機，是因為一次醮典。他們從此不再只是很玄的遇到會毛骨悚然的那個，連神明所在的廟宇，都會引起偏頭痛，直到青春期達到最高點。

對於「那個」，他們當中只有玄和么可以習慣，其他人依舊維持人類的本能會感到恐怖；但是神明，即使是玄和么，也和其他人相同，都是同樣的敬畏……和恐懼。

這種些微的敬懼感，在過新手任務打小怪時就有很輕的知覺，隨著等級越高漸漸加重……但他們也順著任務漸漸的習慣，反而能夠慢慢適應這種類似威壓的恐畏。

潄芳是真的以為，就是太真實了，他們這群連雞都沒殺過，打個蟑螂還猶豫半天的傢伙，才會產生這種感觸，拒絕去想其他。但在新手任務畢業，去神民宮殿交最終任務……卻看到陌桑神民的國主。

當然，曼珠沙華妖界三十一國，國主的位置除了幾個和劇情任務有關的ＮＰＣ10是固定的，其他幾乎都能夠由玩家擔任……只是領導魅力要夠，才能在全國投票中

10：ＮＰＣ，Non-Player Character，遊戲中非玩家所扮演，由預設劇情腳本決定行為舉止的角色。

當選。

但動員投票的任務不好做，比較冷門的國家甚至沒人要當國主，就會由NPC代理。

雖然，他們交任務的目標是大臣而不是國主，那位纖弱清秀的國主穿著樸素，只戴了一只垂墜耳環當裝飾，再也沒有其他珠寶，而且只是路過，望了他們一眼。

但從漱芳開始的所有人，都被種強烈威壓襲擊，膝蓋隱隱有發軟的感覺，很想跪下來。漱芳獨特的偏頭痛，也從現實追到虛擬實境。

「鎮靜。」玄是最早平靜下來的，「都別開口，我來……月，別昏倒，參扶著她。」

「這可有趣了。呵呵呵……」么也恢復從容的陰森，頗感興趣的望著神民國主。

那位國主似乎察覺什麼，朝他們走過來了。玄毅然離隊，迎了上去，和國主談了幾句，態度很是從容謙和，似乎讓國主很有好感，露出笑容。

玄回來才開始冒冷汗，不知道是興奮還是恐懼，「……國主特別讓我們用傳送陣到中都……免費。」

「他……」漱芳遲疑的問，卻不知道自己想不想知道答案。

「隊長，」玄有些歉意的看她一眼，「有什麼，我們到中都再說……咱們兄弟姊妹，誰出頭講話是一樣的。」

漱芳愣了一下，卻沒有反對。玄是真的很玄，但他說的話一定有他的道理，而且他向來淡定出塵，她從來沒有看過他露出這麼興奮和害怕交錯的情緒。

「好，我們先走……月，妳不要裝死。參跟我一起架著她。」漱芳率領著全體往前，對著國主一笑，並且有點僵硬的行禮，國主很和藹，但是眼中卻有絲深思和探究。

國主不是「那個」，但也不是NPC。靠這麼近，全體都有相同的敬畏和恐懼。

但漱芳當了二十幾年的隊長，也早已經習慣用面無表情的堅強來抵抗壓力，所以他們還是能夠泰然自若的穿越傳送陣，來到曼珠沙華最大的中都。

真是一輩子沒看過那麼多人！

他們七個真的嚇到了。畢竟將近隱居的活了十年，連衣服都是網購，一下子投入摩肩擦踵的繁華都市，實在是種強烈的震撼。

「個人日誌的小提示提及，可以在旅店或客棧休息……休息時受到系統保護。」鍵平靜的提醒。

幸好傳送陣外就有個客棧，不然真不知道要迷路到什麼程度。

他們擠過人潮，有些膽怯和新奇的看著人來人往，皆是俊男美女、華服豪裝的高等玩家，覺得有點不適應又很特別，各式各樣的座騎，雖然稀少，但有人卻帶著寵物。

若不是心底壓著事情，而且整個城市的氣息很混亂……真的很想到處逛逛。

他們匆匆走入客棧，小二很友善的給了他們一個房間，並且更善意的提醒，「各位，請遵守防騷擾守則，不然會挨天雷劈的。」

全體默然，你是想到哪兒去了？

「我們是兄弟姊妹。」漱芳開口釋疑。

小二恍然大悟，「原來如此，這年代生到七個孩子的家庭不容易哈，難怪你們長得很像，氣質相近……有什麼需要喊一聲就是，好好休息哈。」

等小二走出去，帶上門，全體嘆了口氣，異常整齊。

「你們有沒有……」漱芳遲疑的問，「連小二和老闆都……」

「有。」鍵無奈的回答。

「怎麼回事啊？」貳一臉迷惘。

「NPC都不是NPC這還是網遊嗎？」參搔頭。

「我要回家……」月哭著說。

他們圍在一起，很熟練的開全體會議。這根本就太奇怪了，進入城市就更奇怪。在現實中，雖然過得很玄，但還是能無奈的接受事實，但在全息網遊中過得更玄，他們的感覺就是鬼屋和廟融合……就在這個城市裡……說不定整個遊戲都是如此。

只是神明的成分比較多，那個的成分比較稀少。

最後的表決卻相持不下，玄、么、參都希望能夠繼續玩下去，因為實在太有趣了。鍵、月和貳持反對票，月是害怕，鍵是理智的認為應該迴避不可預期的危險，貳則是單純的同情月。

關鍵性的一票，就在漱芳手裡。

她猶豫了一會兒，原本要投反對票……卻想到其他人膽怯卻新奇的面對世界的模樣……雖然是個虛擬的世界。

一股莫名的心酸突然湧上來。

看別人多重人格的故事，所有人格都會爭著要出頭，相互殘虐蒙蔽是家常便飯。他們卻這麼忍耐溫柔，明明都有自己的靈魂和人格，還是叫她這個最無能的傢伙隊長，從來沒有搶奪過……她敢說，連想都沒想過。

難道連虛擬都不能讓他們滿足一下擁有自由的感覺嗎？

所以她投了贊成票。玄、么、參當然是歡呼，貳則是無所謂，月也只是哭了一下就接受了。只有鍵深思的看著她。

「……沒關係嗎？」鍵溫和的問。

「沒有關係，總是會習慣的。」漱芳真誠的笑了笑。

曼珠沙華是很大的世界，就算是在自己出生國做任務到封頂[11]也是可能的……即使是小國寡民的陌桑。

陌桑雖然國土小，但是地形複雜，加上許多曲徑通幽的地下洞穴和山谷，迷路保證，就算是內建GPS的旅行達人都會鬧暈，何況這群方向殺手。

所以做完必要的新手任務，他們就逃跑了……何況國主還那麼大方特別幫他們開傳送陣，基本上新手不會有這種待遇的。

因為陌桑實在太小了，人口數好一陣子都掛零，根本沒有敵對國問題，全數中立。而完全中立的中都，也有相符合他們的任務線，規劃合理，地圖簡單，對他們來說真是福音中的福音。

11：意指玩家等級達到系統設定的上限。

而且這裡一應俱全，從職業導師到專業技能[12]導師，什麼都有。商鋪林立，既有官方的，也有玩家的，重現了一個現實又超現實的繁華大都市。

但是充滿俊男美女的街道，突然出現一行清秀纖弱的神民，反而引人注目。長相還頗有相似之處，氣質相近而各有不同，引起很多人的圍觀。

結果他們被一群高等玩家圍著，有個顯得飄逸脫俗的帥哥好奇的組了帶頭的漱芳，因為實在不太熟操作，漱芳手忙腳亂的不小心應了「是」，結果被組起來……連帶她後面跟著的六個人。

那個帥哥一整個莫名其妙，因為他們本來有六個人，只有一個缺額，但這麼一組就全組進來了，而且不是團隊。

本來是組來聊天虧妹的，結果更引起他們的興趣。

「喔喔，沒想到人口數掛蛋那麼久的神民也有新手跑來了。」

「你們好勇敢啊！」

「幾歲住哪電話多少？」

這群高等玩家起鬨起來，尷尬的漱芳輕咳一聲，「我不熟操作，所以……不好意思。」

「沒差啦美眉，葛格帶妳升等[13]。」這群高等玩家繼續起鬨。

「……怎麼辦？好像有點怪……跟說明書講的不一樣。」她悄悄的徵詢其他人。

「我翻一下個人日誌，應該是七人一組才對，這太多了。」鍵低頭翻個人日誌。

「哇，美眉，妳怎麼叫做鍵啊？太難聽了吧？」這群人七嘴八舌起來，紛紛開

12：專業技能，又稱交易技能或生活技能，即前述所謂烹飪、採藥、挖礦、剝皮等類，與職業技能重於攻防招式的傾向有所不同，因大多數角色扮演遊戲皆為打怪升級模式，因此職業技能為遊玩核心之一，專業技能算是在此之外提供的樂趣，部分也提供輔助戰鬥的能力。

13：此處指玩家角色等級（level），等級決定角色所具備的各項能力數值與強度，有些遊戲會依這些數值決定玩家可使用的技能、裝備，以及用來決定遊戲中各種行為產生的結果。

玩笑，「沒差啦，小鍵鍵～」、「叫醉銀鍵如何？」、「哈哈哈哈……」

但他們已經當了十年的言情小說家，對文字異常敏感。若是聽不懂他們的意思，說不定會羞澀的跟著傻笑。

就因為連腦筋最直的貳都聽懂了，所以每個人都變色，連打瞌睡的月都醒了，並且眼眶含淚。

貳衝出去，卻被其他男生拉住，漱芳深深吸了口氣，摸索了一會兒，終於找到退出隊伍，他們就全體退出隊伍，領頭走了，貳啐了一口，被其他男生勸著，不甘不願的被拖著走。

這本來是小事，但因為貳的反罵和那群高等玩家的不甘願，結果變成大事。雖然鍵力圖阻止，但還是在投票中敗陣，所有人都投同意票，正面回應那群高等玩家的挑釁。

「我們才剛滿二十！」鍵很頭痛，「他們都已經封頂八十了！一點勝率也沒有。而且我並不在意……」

一直都很溫和的漱芳卻拗了脾氣，「我在意。我們都在意。」

自己人怎麼能被別人這樣侮辱?!

於是這群新手第一次上演武場決鬥，就是在六個高等玩家的挑釁下。而且毫無意外的慘敗……但是他們這群新手卻默契十足的掩護戰鬥力最強的貳，宰了一個封頂的法系[14]。

七個二十級應該團滅並且秒滅的新手們，卻力殺一個封頂玩家，這消息很快就轟動了整個演武場，不斷的有人要求重播那段時間很短的決鬥。

要知道，那七個新手還是職業種族兩廢、人口掛零已久的神民！自從最早期的驕大神和公主[15]之後，就沒再聽說這種奇蹟了。

所謂雖敗猶榮莫過於此，那群同個公會的封頂玩家被嘲笑得非常厲害。但備受讚美的漱芳並沒有一點高興的感覺。

14：以施放法術為主要玩法的遊戲角色。
15：驕大神與公主的故事，請參閱系列作《曼珠沙華》。

如她所料，沒有多久就被舉報外掛[16]，驚動到ＧＭ[17]現身關心。太過頭的默契和太相似的容顏，幾乎都在一起行動……真的很像外掛。而他們算不算外掛……連她都有點搞迷糊。

但是ＧＭ跟他們一樣迷惘，因為系統給他的答案是「沒有問題」，可是查起來是同個ＩＤ[18]。ＧＭ很想讓他們停權[19]徹查……可惜ＧＭ對這類全息遊戲的掌控權弱到破表，更何況和曼珠沙華的實際首領醫君取得聯繫，人家也說「沒有問題」。

毫無辦法，在曼珠沙華ＧＭ就是個幌子兼傳聲筒，只能無奈的宣布漱芳等七人沒有任何問題……

雖然ＧＭ覺得問題可大著呢。但又有什麼辦法？只能回去寫報告書。

「為什麼會沒有問題？」漱芳茫然。

「跟你們說不要太衝動了。」但是鍵的聲音卻很溫柔。

「管他的，賺到了咩，ＧＭ都掛保證喔！」參笑咪咪。

「ＧＭ是活人。」玄點點頭。

「是呀，真意外，GM居然是活人。」么笑得很陰森。

「看到沒有看到沒有?!」貳還是很興奮，「我宰了那傢伙欸！宰了宰了！血腦漿腸子！……雖然只有血而已。」

「ZzzzzZzzz……」月繼續打瞌睡。

……現實生活都沒覺得他們這麼離題過。難道虛擬會讓獨立人格更離題更鬧嗎？這是個很值得探討的問題，可惜他們都不能曝光，非常遺憾。

16：從遊戲外部侵入伺服器，透過修改遊戲資訊，藉以使遊戲角色獲得各種作弊功能的程式。

17：GM，Game Master，遊戲主持者，為遊戲公司派駐線上遊戲內部，提供客戶服務，並協助排除障礙，使遊戲歷程順暢的服務人員。

18：Identity之縮寫，此處指進入遊戲所使用之帳號。

19：遊戲公司對犯規玩家的一種處分手段，即停止其帳號的使用權，分為暫時停權與永久停權。帳號遭停權意味玩家不能上線進入遊戲，永久停權即等於必須放棄之前培養的角色，若是打算繼續玩同款遊戲，則需購買新的帳號，一切從頭開始。

一開始，他們還是照著過往打電動的經驗，解任務，到處冒險。但是漸漸的，都有點收藏癖的他們，面臨收集太多原料，導致人人暴倉庫的窘境。

但是曼珠沙華已經開服[20]很多年了，這些低等級的原物料不值錢，最後經過鍵的計算，作成成品以後再賣給收購商人會比較有利潤，最少對他們這群新手來說，加上學費也比拿原料去換錢好。

畢竟他們還在很貧困的階段。

最後商議結果，是盡量不要重複，各人找樣興趣玩，把原物料利用到最佳的狀態。結果沒想到，生產技能變成主要興趣，升級反而成了次要的。

玄意外的著迷於機關學，月本來就非常熱衷烹飪，鍵則是對裁縫有興趣。么明明是劍俠，卻跑去玩製藥……而且運氣（還是天賦？）很好的領悟許多獨特毒藥。貳成天蹲在火爐邊，夢想著打造出神兵利器，喜歡體力勞動的參和貳混在一起熔礦打造防具。

「我可以……什麼都不學嗎？」漱芳問，「我只想閒閒晒太陽。」

「當然可以啦！好好休息吧！」其他人笑著回她。

那陣子，他們的練等速度是階梯式的。都是大家生產技能練到一個瓶頸，需要升等或新圖樣，才會吆喝著一起出團解任務或下副本[21]，順便收集材料，拉抬到一個可以繼續練生產同時材料充足的階段，大家又都蹲在中都玩生產，分頭忙碌。

而漱芳，就真的心滿意足的晒太陽。

在他們長期租賃的客棧東院屋頂，位置隱蔽不受打擾，還可以盡情的晒得到太陽，睡得又舒服。

難得這麼清閒，真的。

面對人世的隊長，負擔七個人的希望和生計，其實是很累的。但因為大家都很忍耐，所以她只能更拚。餬口的言情小說，娛樂的雜燴小說，各人興趣的資料，每

20：開啟伺服器之簡稱，意指遊戲開始經營。

21：線上遊戲中的某些特定區域，因具有特殊怪物或是任務，容易引起玩家過度集中，引發各種糾紛，甚至導致伺服器超載。為分散玩家活動減輕伺服器負擔，遊戲公司使用副本機制建立遊戲區域，區域內容完全一致，但每個進入該區域的玩家隊伍，實際上均在各自的專屬地圖中活動，彼此無法干擾。

個人希望看的電影動漫畫，甚至喜愛的景物都不一樣。

這都要花很多時間，若要滿足到每個人的話，一天規劃下來都精疲力竭。

但是，他們感情真的太好，都願意體諒對方，陪著大家看自己未必喜歡的資料或電影。因為他們既是七，也是一。

所以當初幫么取名的時候，就不把他取名為壹。因為一是他們全體，這是大家共有的默契。

現在，她在曼珠沙華，就只想休息，晒晒太陽，懶得動手和動腦。底下就是街道，可以看到很多人，發生很多新鮮事，心很閒，放空也很好。

反正，等她躺得不耐煩之前，大夥兒也會吆喝著要出團、要解任、要下副本。

活得自由自在，很好。他們是來玩兒的，呼吸一下自由的空氣，用不著趕什麼。

這天，天空很藍，她懶懶的睜開眼睛，凝視緩緩滑過的絲雲。隱約的市聲反而讓心情的寧靜更絕對。

這一刻的靜謐，很美好。她又閉上眼睛，隔著眼皮，感覺到樹影在她之上婆娑。

直到一大塊陰影籠罩，她驚醒，差點滑下屋頂，卻被一隻玉白的手抓住，逆著光，看不清對方的容顏。

但是這股強烈的威壓感……這個人絕對不是人類。就是他們口中的那種……偽NPC。

「嚇著妳了？」那人笑了笑，將她拉上屋頂。

瞥了一眼萬象手鐲22……她揉揉眼睛又再看一次。這個威壓得讓她不敢直視的是……九尾狐青山之國首領「亡國侯」夜沁。

曼珠沙華的劇情其實一直都在緩慢進行中，也就是一段時間會大改版，任務和副本跟著劇情主軸改變。

現在已經進行到本來屬於靈獸的九尾狐青山之國戰敗於北山狐，被北山狐的

22：曼珠沙華中設定用來叫出各種資訊介面之道具。

君主狠狠羞辱。雖然北山狐君沒有占領青山之國，卻將九尾狐降王為侯，是為亡國侯。

本來歷史可以推翻，但九尾狐玩家沒能在世界史詩任務中守住青山之國，所以才會導致歷史的實現。

她雖然喜歡閒閒晒太陽，但沒事也喜歡看曼珠沙華的歷代演進。像他們這些太晚加入的玩家，因為劇情已經改變，取得靜濤公主封號的副本也已不存，這個封號就此絕版。

但這些不是重點……重點是，即使是亡國侯，九尾狐原本王室的旁系繼承，但依舊是青山之國的首領，為什麼他會出現在這裡？

「看起來妳知道我是誰了。」慵懶頹美的臉孔動人心魄的笑了笑，漱芳心裡卻只覺得一沉。

「……侯君，您似乎不該在中都出現吧？」漱芳客氣的回答，暗暗湧起戒備。

「我並沒有義務必須守在侯府……」夜沁懶洋洋的說，「好吧，一個月有那麼幾天必須。其他的時候，是我自己的時間。中都又沒跟青山之國敵對，為什麼不能來？」

問得好，但她不想回答。

的確時間久了，他們都比較見怪不怪……但在各國首領的面前，還是會湧起畏恐。

「您說得是，不打擾您的清靜……」她想跳下屋頂，卻被先一步抓住手腕。

夜沁饒有興趣的看著她，「果然。小陌跟我說的時候，我還不信呢。果然人類千種百款，歧異到讓人不敢相信是同一個種族。」

他鬆了手，笑咪咪的看著戒備心濃重的漱芳，「七個靈魂在一個身體裡……彼此知覺，還沒有互相攻伐，實在罕見。」

漱芳的驚恐上升到最高點，覺得血液都快結冰了。

「而且還能知覺我們的真相，更是不簡單。」

她錯了，驚恐從來沒有什麼最高點，只有更高。

「我沒有惡意。」夜沁妖魅的靠近漱芳，輕聲的問，「我只是對人類很有興趣而已。妳能不能告訴我……妳是怎麼取得領導權的？」

「……不知道。意識到之前，我就是隊長了。」漱芳顫顫的回答。

「真奇怪哪……」夜沁聲音更輕，「比起其他人各有特色，妳卻平庸許多。我不了解。」

再也忍受不住，漱芳推開他跳下屋頂，拔腿就跑。

漱芳完全是直覺得往打鐵鋪跑……那是離她最近的貳和參天天窩的地方，也是全體中戰力最強的兩個人。

等她氣喘著跑進去以後，貳和參望著她，一臉不解，「隊長，妳的兵器還在設計討論中……正在討論要用劍還是短刀好，劍怕妳戳到自己，短刀又怕被敵人先手……」

「隊長是藥師，殺到她要出手時，也該滅團了，用不著近身戰鬥的人，短刀就好啦！我還可以打好看點。」貳吼著。

參吼回去，「凡事只怕萬一不怕一萬，照隊長那身手……長兵器好，亂槍打鳥總能抵擋兩下……」

他們倆吵得很凶，互相翻書抵額咆哮，爭著要說服對方。最後互毆了一架，共識卻是打把長槍，要求身手最低，施法方便，而且可打造得很精美漂亮。兩個又很熱切設計槍刃面花紋了。

根本沒有給漱芳講話的餘地。

但是漱芳的慌張就這樣漸漸平定了。最後坐在他們後面看他們互相指著書吵架，還跟他們一起吃了月送來的實習便當……其實月手藝很好，但就是太愛發明新菜色……結果就是常常做出奇妙的食物。

這餐吃的是號稱營養豐富的紅蘿蔔玉米排骨粥，讓他們無言很久，在月的面前強顏歡笑的吞下去，然後等月走了，一起慶幸曼珠沙華不會拉肚子。

「對了，隊長，妳剛想說什麼？」參終於想起來，但他們已經快下線了，都過半截遊戲時間了。

「……我也忘了。」漱芳笑，「看你們吵架太好玩。」

其實她沒忘。照他們這群人的護短程度，一定會全體通過立刻下線……但她不想剝奪其他人的自由和快樂。

睡醒以後，她真正寧定，然後翻了翻檔案夾。他們七個最大的相同處就是愛看書愛寫書，娛樂的大雜燴小說也各有主筆，其他人都是補充。各人都有各人的主筆檔案夾。

她翻開自己的檔案夾看了幾篇。所謂文如其人，她和其他特質強烈的自己人比起來，就像杯溫開水，不但沒有味道，不冷又不熱。

所以？

「想寫娛樂？」鍵先察覺，「想暫時歇一下也沒關係，可以停一、兩天稿。」

「我們是只有『交稿快又準』這個優點的二線，不要太超過。這月份也就兩三天就完了。」她關上檔案夾，繼續專心寫作。

當天晚上，進入曼珠沙華，她依舊躺在東院的屋頂上晒太陽，面目平靜。

原本抱著戲弄之心來尋的夜沁，反而詫異起來。「怎麼？小耗子，不逃了？」

「我只是反應比較慢，容易慌張而已。需要點時間消化反應。」漱芳屈著一膝坐起來，將手擱在膝上，「閃躲不但讓你更覺得有意思，而且我若躲得太厲害，你可能去騷擾其他人。」

「怎麼了？昨天還是逃跑的小耗子，今天就長了獅子膽？」夜沁凌空坐著，媚眼如醉，「一觸及妳的人，就整個聰明起來？」

「沒辦法，我靠腦子吃飯呀。」她坦承，「只是反應比較慢，要時間思考。侯君，您自己說，若是我再逃跑，堅拒不答，您會怎麼做？」

「沒錯，我會去找那個比較容易溝通的玄，或是膽子比妳更小的月。」他開始覺得有意思了。

「但您喜歡看人類的反應，所以應該會先來威脅我。」漱芳淡淡的說，「可我覺得，我既不是您的臣民，沒有義務要提供娛樂項目給您。」

好鋼口。夜沁眼神亮了起來，強制壓抑的天魅散逸旺盛，他低了聲音，「繼續。」

「所以我直言了。且恕我無禮……換我威脅您。」漱芳交疊雙手，「若您打擾我以外的自己人，我可能要對華雪心懷歉疚了……因為我會公開曼珠沙華的所有NPC都有問題。」

「誰會相信妳？」

「不需要相信，侯君，不需要。」漱芳語氣很和藹，「我可以告訴您，我們就是七個不同類型的作家，而且合力寫言情小說十年以資餬口。我能提供的原料就夠種類繁多芳香美味，各記者大人更會幫我們添油加醋。當然可能會對華雪有些傷害……但我相信系統大神不會對此表達欣慰和高興。」

夜沁的天魅大部分都釋放出來，威壓甚重。但他想看到的迷魅效果卻沒有出現，漱芳或許有點顫抖，但眼神很清明，簡直有些無情。

「妳是個懦弱平凡的長姐，但為了弟妹卻會勇敢到這地步，我得誇獎妳一下。」夜沁將天魅壓抑下來，用種嶄新的眼光看著她。「我們彼此都能威脅到對方，那麼，我該付出什麼，換取滿足我好奇心的答案呢？」

果然九尾狐亡國侯是不會輕易放棄的人。從他的穿著打扮就可以看得出來。他跟陌桑國主相類似，都只戴一只耳環。但他的更精緻華美，幾乎垂墜到肩膀。長髮看似狂放不羈，事實上應該在鏡子前梳半天才梳得出來那種效果。

服飾上看似簡單，事實上非常重視細節，和每個角度的完美。

這傢伙一定追求極苛細的細節，並且執拗。

漱芳雖然對推理小說沒什麼興趣，但鍵是福爾摩斯迷，寫的偵探小說都是福爾摩斯式的。寫多了聽多了，連她都學著會觀察了。

「你每天可以問我一個問題，而我也問你一個問題作為交換。」漱芳豎起食指，「你可以滿足好奇心，我能取材，如何？」

沉默很久，夜沁開口，「上個和我談交易的，還在萬年玄冰中保鮮。」

「我不在乎。」漱芳聳肩，然後輕鬆的躺下來，「恕我直言，我們在這兒只是玩兒，隨時脫離都行，全息網遊又不只有曼珠沙華。但對你們來說，恐怕不見得吧？系統大神肯麼？」

漱芳其實不肯定，但她敢唬。夜沁不見得不知道，卻也不得不被唬。

但夜沁武裝似的媚笑湧現，她閉上眼，省得被看出得意來。

這女人。真不能小看女人……你不知道怯懦無能的皮底下會擺著什麼。

可也很有趣不是？這本來就是個打發時間的遊戲。

「小漱芳，妳這是強迫侯爺我天天來找妳約會呢。」夜沁瞋著說。

「您可以不來，我不會期待。」漱芳還是笑了，微微的，但很自得。

夜沁暗暗咬牙，卻選擇不開口。這女人不是善類啊，太不好相與了。

「您之前不是問過，我們中最平庸的我，為什麼會是隊長嗎？」享受著溫暖的陽光，閉著眼睛的漱芳開口。

「沒錯。但拜託妳取消敬稱，聽起來不是敬意而是諷刺呢。」夜沁在她身邊坐下，柔軟的衣袖幾乎拂到她臉上。

漱芳忍住挪遠一點的衝動，視若無睹。「事實上呢，這個問題，並不是你真的想問的。你只是想撩撥我一下，讓我對習以為常的和諧產生質疑……看能不能刺激一下我的忌妒心什麼的。」然後看能不能因為一個很小的裂痕，最後導致崩解。

壞心眼的狐狸。

夜沁沉默了一會兒，微帶怒意，「妳真不可愛。」果然很難相與！

漱芳依舊無視，繼續往下說，「我們恐怕從出生就在一起，一直生活了二十幾年，什麼狀況都出過……」

「什麼狀況？」夜沁撐著臉，側躺在她旁邊，很輕很輕的問。

這招對月一定很有用，但對我就……都隱居那麼久，二十八歲的人了。何況對方是個年齡種族不明的偽ＮＰＣ。

「一個問題，侯君。這是第二個問題，請你明天再問。」

……果然是不可愛的女人！不可愛到令人討厭的地步！

「我們哪……都是喜歡寫的人。同儕間都會互相競爭了，何況我們……年紀還輕的時候多少會有點失落。因為比起其他人……我的確沒什麼特色。我們每個人的創作都有強烈的個人色彩……我是最平淡的那一個。

我喜歡寫的就是很乏味無聊，流水帳似的。懶得想設定，最後一直在寫童話變調，幾乎都是短篇。像現在我在寫的啦，就是蒿苣姑娘最後還是跟王子離婚，回去高塔獨自生活。

織布啊，種蒿苣啊，寫一些很平常的日常生活。怎麼織布、怎麼種，和原本畏懼她的村民互動，麻煩的前夫啊……是我不會畫畫，不然應該去畫四格漫才對。」

果然聽起來就覺得很無聊。

「被蛇咬、惹動蜂窩、遇到幽靈，或者湖中女神亂入……」

……等等，流水帳為什麼有這種東西？

「飛龍來襲、地震、水災、海嘯……」

慢著，為什麼海嘯淹得到萵苣姑娘的高塔？

「就是這些很平凡的日常生活，跟其他人比起來實在乏味多了。」

日常生活遇得到這些東西嗎?!

「雖然如此，但我還是喜歡自己寫的那些。個性決定命運。其實我喜歡的就是這樣曬著太陽，過著年復一年日復一日相似又相異的生活。個性也決定作品啊……既然平庸的個性和平庸的作品是必然的結果，那就沒什麼好難過的，更沒什麼好比。

「如果自己都不喜歡自己，不但對不起自己，也對不起自己人的喜歡。就像是排行。我猜我是第一個意識到自我的那一個，所謂的長姊，所以我是隊長，必須面對世界。沒有為什麼。當然經過了種種事情，我們才能達到這樣的穩定……」

「我想知道『種種事情』。」

「請先去領掛號牌。」漱芳將眼睛閉起來，心滿意足的感受陽光遍撒的溫暖和歡欣。「我已經回答了，那麼，請你回答我的問題。你是什麼？」

講了一堆廢話想繞暈我？但表裡的問題都被攻破解讀，還很壞心眼的延伸敷衍，他既不能說答案不滿意，獲得的資訊卻不能說滿意。

只是讓他的好奇心更騷動而已。

哼。曼珠沙華版一千零一夜麼？好吧。

「我不能說。」夜沁深深考慮了一下，「系統大神不許。我只能說，我和隔壁棚的地獄之歌冥道主是很遠的遠親。」

漱芳睜開眼睛，滿滿都是同情，「人家統領一道……你卻只統領三十一分之一，還是個被打得慘兮兮的。這落差實在是……」

一陣狂風，刮得漱芳的頭髮亂舞，還有很多樹葉將她半埋。被激怒的夜沁縱狂風而去了。

漱芳偷偷吐了吐舌頭。跟說書人鬥嘴兒？哪怕是九尾狐亡國侯也得回去多練練。

其實偽NPC也沒多可怕嘛。

最好就此氣跑，不要再來。

大捷讓她的心情更好，曬著太陽，她閉上眼睛睡著了。

但壞心狐狸的報復心是很強的。

第二天，貳開始在隊伍頻道鬼叫，所以大家又整裝集合打算去打打副本過過任務。漱芳的悠閒心情只維持到城門口為止。

風華絕代（漱芳發誓，他一定對著鏡子演練很久）的九尾侯君，披著昂貴的狐皮披風，矜持而從容的攔下他們的隊伍，帶著和藹而疏離的笑，「抱歉，我找漱芳說幾句話，可以嗎？」

玄看著驚呆的隊長，瞥了眼萬象手鐲呈現的資料，摸著下巴問，「敢問侯君找家姐有什麼事情？」

他垂下眼簾，天魅緩緩漾起，「窈窕淑女，君子好逑。」

逑個毛線啦逑！漱芳心底湧起的第一句話就是這麼不淑女。

貳張著嘴，么一臉「原來如此」的陰笑，鍵扶額，瞌睡中的月一下子精神百倍，和參雙手交握的小聲尖叫和竊竊私語。

夜沁笑得更和煦，伸手給漱芳，「漱芳小姐，請借一步說話……不會耽誤你們很多時間的。」

漱芳很想掐死他，但是又怕露餡兒。僵硬的跟在他背後走遠些，咬牙切齒，「這跟說好的不一樣！」

「唔？我只是來提問，而且對象是妳。」夜沁心情一整個豔陽高照，「完全沒有詢問妳的弟妹……」

「穿得這麼華貴跑來……你以為你是殺生丸啊？不要以為我沒看過犬夜叉……我們都愛看老漫畫！」漱芳真的怒了，「還回什麼逑……逑個鬼啦逑。」

夜沁平衡了，滿足了。

「不然我照實說？」他欣賞著漱芳額角暴走的青筋。

「…………」

深呼吸……對，深呼吸。漱芳竭盡全力平靜下來，絕對不要增加他額外的樂趣。「敢問侯君，何事大駕光臨？」

「當然是提問囉。」夜沁有些遺憾，沒能看到更暴走的表情，不過知道她的弱點了……人類真是有趣。「人類一定有陰暗面，或多或少而已……何況你們這種多重人格。你們表面的和平，肇基為何？」

漱芳本來要回答，又隱隱覺得有點不對。問題絕對不是表面而已。

「一言難盡，何況我又出團在即。」漱芳冷靜下來，「待我出完團，明日答覆侯君。」

「你們不會出團整夜，我願意等，但只等到六點。」夜沁淡淡的笑，幾乎壓不住惡意，「妳不來，我就再這樣去找妳。」

可惡的狐狸精！好不容易忍下的怒火又高漲，她真想學貳喊「宰了你」！

「明白了，侯君。但請不要再來……不然我的說謊癖可能會被刺激出來。反正你也無法印證我說得是真是假……」

啊。這瞬間，漱芳被自己提醒了那道提問。什麼嘛，果然是壞心腸的狐狸，一道陷阱題。

「老地方見。」夜沁飛了個媚眼就縱狂風消失。

丟這麼一個爛攤子給我。她快被自己人的疑問淹殺，終於受不了，「月的追求者用卡車載……多到滿出來！問我幹什麼？還下不下副本了?!」

「這就是稀少的價值呀。」參依舊誠懇的心靈攻擊，漱芳覺得很沒力。

「……不下副本就下線好了。」她迫不得已的放大絕。

結果他們那天的練功情緒真是破表的高昂，一面猜測忖度一面釋放心情的狂轟濫炸，連月照慣例的迷路引怪跌倒OT[23]，貳都不罵了，而是滿臉笑容的過去護駕，嘴巴還沒停止八卦。

應該慶幸他們的默契好到完全是七為一嗎？在這麼分心這麼鬧騰的時候，還是很下意識的緊密配合，甚至因為興奮而超常發揮。

只有鍵比較冷靜，欲言又止，最終還是只說，「雖然我們都不如玄那麼的敏銳……即使是我，也知道他並非人類。而網戀通常沒好下場。」

23：OT，over taunt簡稱，一說為over tank，線上遊戲術語，怪物的攻擊順序由對玩家的仇恨值決定，通常站在仇恨值頂端者為坦克，負責吸引怪物火力，而過度攻擊怪物（或因其他行為）造成仇恨值越過主坦，使怪物改變攻擊對象的行為，即為OT。

漱芳張了張嘴，不知道該說啥，最後只是無力的說，「……我不是月。也很清楚網戀的下場……總之，沒事。對我有信心點兒……我還以為鍵比較了解我。」

鍵終於露出如釋重負的笑容，「不過是白提醒一句，我也知道妳是個明白人，隊長。」

漱芳苦笑，順便把苦水往肚裡吞……天殺的死狐狸！活該被分到差點亡國的鬼地方！

那天打到四點多快五點，月就喊累了，他們一起回城，又八卦了一陣才各自解散。

等她見到等在屋頂上的夜沁，明明提醒自己要冷靜，還是忍不住的怒火中燒，不可遏止。

不行，要冷靜。這隻死狐狸看到她崩潰理智的時候表情太愉快了，她絕對不肯多提供娛樂項目。

嗯？反過來說，冷靜往往會讓他大怒……昨天不就這樣嗎？

漱芳瞬間平靜下來，試著露出參特有無害的微笑。果然這隻死狐狸瞬間提高警惕，非常動物本能的露出媚笑……從情緒武裝起來。

果然對付這種傢伙，只能用「參」來攻擊。

「勞你久等了，侯君。」她笑得越發誠摯無害。

「等待美麗的女士再久也是理所當然的事情。」夜沁露出更魅惑的神情。

第一回合，「參」型誠摯無害（貌似）心靈攻擊V.S.魅惑優雅（假裝）武裝盾，平手。

「……侯君的久候實在抱歉，為了致歉，我將仔細說明以回答……」不行，參的笑好難撐，臉都僵了，「其實人類從出生到死亡就是一部人類社會從蠻荒到文明的濃縮歷史……」她滔滔不絕的拿心理學混成大雜燴開始非常「仔細」的說明。

「潄芳小姐，」聽了五分鐘，夜沁終於覺得撐住優雅和禮貌的艱深困難度，「我比妳想像的了解人類心理學之類的研究……何況錯誤百出。請妳直接回答問題。」他勉強繃住的優雅和禮貌終於出現裂痕。

「啊呀，還是被發現了。」潄芳故作驚訝，但也崩壞了無害微笑。

第二回合，兩個文明面具龜裂的人開始相互諷刺，程度從文人雅士的程度不斷沉淪，直到理智斷線，降低到幼稚園大班的程度。最後兩敗俱傷，精神疲勞度破表，再次平手。

氣喘吁吁的各自反省各自檢討。兩個人外人面前都是淡然穩重形象，努力掩飾覆蓋內在幼稚的人，結果在相互刺激下，羞於見人的幼稚面不斷的被對方看到……這簡直是用自我羞辱替對方攻擊，兩敗俱傷。

「……我覺得，還是就事論事吧？人身攻擊只是鬼打牆。」夜沁提議。

「你先放下那種虛偽的笑再說。」

「妳的笑比我更虛偽吧！」

等偏離事實吵了一會兒，驚覺自己的幼稚，又紛紛閉嘴。相互瞪視，的確達成了和平的默契。

兩個人都不笑了，嚴肅得好像在守喪。

「你的問題，其實是一道陷阱題。有許多事情礙於某種緣故……或許是系統的約束，你不能或不想告訴我。所以你問這道題目的時候同時埋下一個陷阱。等我告訴你答案，就會反問你其他多重人格的人生，對吧？」

夜沁瞇細了眼睛，默默的點了點頭。

「你只會告訴我一個案例……但一個案例並不能代表所有，有多少案例，就能消耗多少我的提問，對不？」

夜沁咬牙，可惡，又被識破！

「但我不想知道。那與我們無關。我和大家，就是『我們』，獨一無二的『我們』，我才不想知道別人怎麼應對這些……所以要這些小花樣沒有用，請不要再這樣。」

「妳不想？」夜沁疑惑了。大部分的人類都會試圖「求同」，只是為了認同感和安慰。

「不想，因為經驗很糟糕……不過跟現在的問題沒有關係，請繼續領掛號牌。」漱芳將頭一別，又激起了夜沁的怒火。

這女人是怎樣啊？她才是在設陷阱吧？試圖掌握提問方向！

爽！漱芳的心情稍微好一點了。看那個裝模作樣的死狐狸崩……就算只崩一小角，她也覺得很爽。

就是心情愉快些了，所以她停止兜圈子和離題，直接回答，「黑暗面是一定有的，我們之間，就是感情很契合的兄弟姊妹……嗯，比較類似這種關係。但是許多原本感情很好的手足，還是會因為很小的原因累積或誤解，最後形同陌路。

我們在很小的時候……八、九歲吧，就已經經歷過一次。明白隨心所欲在人際關係上是有限制的……就算對自己人也不例外。不對，應該說對自己人更是如此。因為他們是絕對不能替代或缺的存在。」

那是玄剛得到名字，他們都還很小的時候。對於「那個」，只有玄覺得有趣，而且因為有特別的能力非常驚喜……但那個時候，連么都會害怕……畢竟他們只是國小三年級的小朋友。

時時鬧鬼的生涯對這麼小的孩子來說是非常恐怖的，而肉體上的傷害雖然很小，頂多就是不明的割傷和跌倒，但都由身為隊長的漱芳概括承受，她受的衝擊最大。

畢竟她是面對世界的第一線，所受的驚悚和恐怖都最清晰。而還是小孩的玄，什麼都不懂，甚至主動憑著天賦吸引或召喚。

這是第一次他們之間發生大爭吵，程度劇烈到正常體溫都在三十五度上下徘徊的軀體，在兩小時內飆升到四十度，發燒到住進醫院。

「我說，沒有玄就好了，我也不需要其他人。誰要當隊長誰去當好了，我不要管了。」漱芳抱著膝蓋，「聽起來很蠢對不？但當時最冷靜理智，還沒有名字的鍵打了我一耳光……呃，這只是譬喻，其實就是很類似的重擊，懲罰式的……大概啦。」

「我跟鍵的感情一直最好，這個耳光真是……對我打擊很大。我記得每個人都在大聲吵架，用最糟糕的方式宣洩自己的不滿，月一直哭。等我們發現的時候，玄……差點消失了。」

她苦笑的指著心臟的位置，「到今天，我還記得那種感覺。那種……痛苦到連哭都哭不出來的感覺。他說：『不要吵了。我消失就好了，對不起……隊長不要這樣，不要拋棄大家。』」

漱芳把頭埋在膝蓋上好一會兒，悶悶的，有點帶哭聲，「這麼多年了……玄說的每個字我都還記得。明明誰來當隊長都比我好，但只是因為我最早有自我意識，就成了隊長，可大家還是喜歡我。我……也很喜歡大家。我一直以為，我這麼沒用，膽子又小，才會導致我們全體受驚嚇……但玄想的卻是，隊長不喜歡我，那我消失，其他人就可以跟隊長一直在一起。」

她眼睛有點紅紅的抬頭，「後來我一直跟玄說對不起，但他永遠比我多說一次。之後他就改變了，不再那麼愛鬧，變得成熟穩重，甚至給自己戴付枷鎖天賦的眼鏡……雖然還小，我還是模模糊糊的覺得我錯了。後來不管遇到什麼事情……我們就算爭吵，也會記住這次教訓。這裡，」她點了點心臟的位置，「那種痛，我們全體都感受到了。傷害其他人比傷害自己更痛苦……」

「這就是答案。我們既是七，也是一。對於自己重視的人，更要約束自己。黑暗面什麼的，一定有。但人類的理性不是擺好看的……我一直覺得，理性的存在，是為了要好好的保護脆弱的情感，就是這樣而已。」

「……狡猾。」夜沁別開臉，「用、用這樣曖昧模糊的答案……明明被敷衍了，我還不能說不對。」

這傢伙……那種「偉大存在」的傢伙，意外的像人類呢。

「你在曼珠沙華之前，就開始研究人類了吧？」漱芳研究著他的側面，「我的今日提問就是，你為什麼要對人類研究的這麼透澈？」

啊。裝模作樣的狐狸男也會露出驚慌失措的狼狽表情？坦率一點嘛，這樣看起來比較不令人恐懼，也可愛多了。

沉默了好一會兒，夜沁將眼神瞄向遠方，「本來只是論文、報告……翻譯過來大約就是你們說得那些……試煉。我本來想草草了事，所以選了生命週期最短，看起來最簡單的人類。」

「……結果，報告怎麼作都作不完……實在太有趣了。」他微微的露出一絲微笑，「差異性這麼大，變種那麼多，明明生命週期那麼短……我只觀察了兩百年，老天……真是一群污穢骯髒下流，又同時存在純淨聖潔高尚的種族……同樣的物種！創造和毀滅的天賦不相上下的恐怖平衡，一切都太迷人了……」

夜沁的神色卻漸漸蕭索，「雖然我的指導者……呃，你們這邊所謂的老師教授之類的，給我的報告評了個特優，而且讓我晉級。但我卻被其他人看成變態，還說我是『戀人癖』，」他很不爽的解釋，「『戀人癖』是我勉強意譯的，事實上在我們那邊就是句髒話。」

……喂！

「只是喜歡觀察不行嗎？而且我的指導者都准了，我還取得觀察資格……那些傢伙居然說我是變態，妳說是不是太過分了?!」

「……我只知道你對一個人類這麼說非常無禮。」漱芳壓抑著憤怒回答。

「果然，是非常珍稀的樣本呢。」夜沁心情整個好起來，「平常的人類研究久了，就會開始尋求珍稀的樣本。妳是我僅見最珍稀的那種……」

「夠了。」漱芳打斷他，「你已經超過應該回答的範圍。」

「可以當作明天的問題嘛。」夜沁垮了臉，含著食指，「妳不想聽嗎？」

「不想。」漱芳斷然拒絕。馬的，誰想知道自己和人類都是觀察紀錄的一部分，而且自己還是什麼珍稀樣本……沒叫他滾是因為還有些許敬畏和把柄。

「嗯……那我們聊聊天吧。」夜沁頗感興趣的看著她，「系統大神難得允許我跟人交談，沒有警告我。能夠跟自己觀察的族群談心，真是每個研究者夢寐以求的機會啊……」

「我不想也沒有義務跟你聊天！」漱芳真的發火了。

「別這樣發脾氣，我們好好聊聊……喝茶吧。妳喝過大紅袍嗎？以前我常看人家喝，一直在想不知道是什麼滋味……來到這邊真好哪！真不枉我打生打死的擠進名額……」

「我不要喝茶，也不想跟你聊天！」

但不要指望不是人的「某種存在」（已經越來越不覺得偉大了）能完全明白人話，還是每天跑來騷擾她，提的問題和回答也越來越離題和衍生發展，時間從十五分鐘到一個小時不等。

漱芳以為會很討厭他……結果這傢伙只要漱芳露出倦意，就會鳴金收鼓，明日再戰。而且他講的一些奇聞和故事，也的確很有意思。

沒有深問，但夜沁不當心的漏過口風，說他們都是讓「綠方」坑了，可他是自願被坑的，因為他真的很想跟研究對象接觸和交談，這是最好最安全的媒介等等……

「所以你真正的名字不叫做夜沁，對吧？」漱芳不經意的問。

「當然不叫這名字，我的名字可是很有力量的……」夜沁很得意洋洋，「那是所有植物破土而出的強大爆發力！翻譯成你們的語言應該叫做……叫做……」他啞然片刻，又支吾了一會兒，「衍。就是衍生的意思。」

「……侯君大人，你的中文是不是很不好？若是植物破土而出，應該叫做萌發……」

「住口！」夜沁朝她吼，「老子英明神武怎麼可能會有那種娘娘腔的名字?!」

九尾狐的長相不娘娘腔嗎？遠望還分不出男女呢，何必在意區區名字……

不過侯君大人快潰了，她也就慈悲為懷的沒有趁勝追擊，反而給他斟了一杯茶。

唔，說不定……在他們那種「偉大存在」的族群中，夜沁的年紀應該不大……別跟短命的人類比的話。

但跟人類來往，又覺得非撐出成熟的樣子，結果相交久了，就常常露餡……跟他們家的貳好像也差不多，很好捉摸。

大概是這種親切感，夜沁硬要跟他們聚會時，漱芳也無可無不可的答應了，只是叮嚀他個人資料要隱藏起來，打扮樸素點。

除了她這個天天晒太陽，無所事事的隊長以外，其他人都認識了許多人，追求月的更是以卡車載。原本天天瞌睡的月，現在一整個精神奕奕容光煥發。玄和么雖然陰陽怪氣的方向不同，卻都是腦袋很好使的智囊，貳和參的手藝突出，個性又開朗……連那個被秒殺的玩家後來都跟貳成了好友，沒事幹就往演武台互毆，非常激情。

冷靜淡漠，一天到晚跑圖書館的鍵，都認識了一堆愛看書的。而他們認識的人又相互認識，構成一張人際網。

當中幾個比較要好的，常常會聚餐……雖然是虛擬的，吃起來比現實的食物好吃多了……而且月超愛做飯的。

有的時候，漱芳也會出席，但帶人來還真是絕無僅有……何況是這樣絕美邪魅又不太協調的莊嚴雍容，引起一陣譁然。

但漱芳只是聳聳肩，懶洋洋的笑了笑，簡單介紹一下，「這是我朋友……衍。」就不再多話，只是笑笑聽人聊天。

夜沁倒是挺高興的……那就好了。

酒足飯飽之餘，聊著聊著，不知道為什麼聊到「我的志向」，大家鬧哄哄的說完自己的希望（或說幻想），只剩下他們幾個與夜沁還沒講。

「……繼續研究。」夜沁含蓄的說。

么唇角帶著一絲冷笑，「凝視深淵。」

其他六個人很一致怒聲，「沒有這種職業！」

「沒有嗎？」么有點失落，「那……當個法醫吧。」笑得更邪惡。

這傢伙當法醫絕對不是為了幫助偵查。

「道士。」玄笑得很高人，志向也非常高人。

月滿眼星星小花，「和最愛的人結婚，當全職而且最棒的家庭主婦，成為世上最好的媽媽和妻子！」

難以想像……而且異常踏實的願望。

「殺豬的。」貳很嚴肅的說，看著一室悄然而驚愕的眼神，他吼了，「庖丁解牛沒聽過啊！這是很值得崇拜的境界……血！腦漿！腸子！」

……果然是很貳的答案。

「當同人本大手！」參交握雙手，「專門吐槽大家……而且一直當coser[24]！」

吐槽一輩子就是妳的希望嗎……？

「開一家租書店。」鍵微微笑，「反正我愛看的書應該很冷門，看完可以退回去。」

……這算盤也打得太精了吧？

24：coser，角色扮演者cosplayer的簡稱，會特地裝扮成動漫或遊戲角色的造型，一般而言是在遊戲展售會或動漫展出現。大多為某部作品的粉絲或對角色裝扮有興趣的愛好者，但隨相關產業日漸發達，也逐漸產生以此賺取收入的專業人士。

「隊長呢？」跟他們認識的朋友好奇的問。現在也跟著其他人一樣喊隊長了。

「我？」漱芳想了一下，笑瞇了眼睛，「我已經在過我想過的日子了，所以沒有其他志向。」

*　*　*

每天都不想睜開眼睛……睜開眼睛就得面對現實。

為了防止過度沉迷於全息遊戲，所以感應艙都有個過渡系統，在退出遊戲的時候調整了現實和虛擬的差距，讓玩家能夠清楚的了解遊戲和真實的區別。但這個過渡系統對他們而言，效果不太好。

不過就算如此，還是得打起精神過日子。

大概只是身體太虛弱，有點不耐煩吧……

這一天，又是例行看病日。去看醫生（同時驚嚇醫生），醫生看著低到幾乎測不到的血壓，和視網膜更嚴重的病變，一整個頹喪加束手無策。

什麼檢查都檢查過了，她所有內臟都很健康……如果她已經五十歲的話。但又不能說她不健康，沒有明顯病變……除了她那雙應該接近失明的眼睛。可是理論上應該看不見什麼的眼睛，卻能夠正常閱讀和作息。

偏頭痛大概是用腦過度和低破表的血壓所致……但完全查不出病因。

「……我真不知道妳為什麼活著。」幫她看病好幾年的醫生，沮喪到很不醫生的說。

「呃，」漱芳尷尬了，「執念？」

「…………」醫生鬱悶的開了藥給她，沉重的嘆口氣，目送她宛如常人的背影。

「真沒禮貌！」貳發牢騷。

「認識這麼多年了，也不安慰一下……居然把咱們說得跟死人一樣！身體破又不是隊長的錯。」參也附和。

「這世界的神祕可多著呢……呵呵呵……」么發出毛骨悚然的冷笑。

漱芳默默的把口罩戴上。到現在，她還沒辦法完全控制內部會議時的表情……

這年代怎麼不流行戴面具或面紗呢？戴口罩實在很難看，呼吸又不順暢。

回到家已經疲憊不堪，勉強洗了把臉，看到鏡裡蒼白乾枯的容顏……又新生了好多白頭髮。

「今天暫且好好休息吧。」鍵勸著。

「……只剩下收尾校正了。」漱芳振作起精神，「不用很久的。」

工作了一個上午，她將檔案寄給出版社，瞥見e-mail的收信匣還有另一封信。

那是一個自稱主編的人寫來的……但他們一直覺得這是詐騙集團，所以也沒有回過。別開玩笑了，那家出版社很大欸……而且從來沒出過小說。突然說要幫她這個言情二線作家出專有系列……誰會信啊？

才剛刪除，又看到一封mail，是以前照顧她的責任編輯……雖然時間很短，卻相處的很融洽。就是太融洽了，才會跟責編說了他們的私人部落格。

那個責編是個很好的人……喜歡他們全體的作品，常常跟他們說，「妳這樣的文筆寫言小太可惜了！……」

但那個時候，她就知道這個責編作不久了。

因為言情小說，就是販賣愛情的夢境和美好，讀者群都是想要逃避一時的女孩子，不想看到醜惡和黑暗。所以，不能想寫什麼就寫什麼，不僅僅是作者，連責編都要戴著沉重的枷鎖和限制前行……更不能長大。

長大太快，脫離了「女孩子」的心境，就會作不下去了。

果然，這位責編很快就離職了。雖然偶爾有書信往來，但她的手實在折騰得太厲害，回信常常有一搭沒一搭的，也漸漸失去連絡。

點開mail，內容卻讓她很驚愕。原來責編跑去那家大出版社的雜誌部門，並且替那個寫了好幾次信的主編打包票。

他們商量了一下，把主編的信從垃圾桶撈回來，寫了簡短的回信，附上一直在當鬧鐘用的手機號碼。

結果只是去沖杯咖啡，回來就看到主編大人的回信了，語氣很公式化，要求見面談一談。這時候她才注意的主編大人的名字為鄭一帆。

好男性化的名字。

一帆，孤帆。大概又是算命先生的手澤……其實意頭不好呢。

好吧。看在前責編的份上，就去看看吧。

結果……卻讓她很無言。不是男性化的名字……而是主編是個男人。原本滿懷熱切的月一看到對方，立刻退避三舍，睡著了。

「……好深的法令紋，馬里亞納海溝般的眉間怒紋啊。」參感嘆，「一臉凶相，難怪月會夢遁……嚇死人了。」

「安靜點。」鍵輕斥。

漱芳苦笑，其實不安靜也無所謂……因為這個看起來很凶的主編，看到她當機了幾秒鐘。

呃……大概是讀者，而且是翻完部落格所有文章的讀者吧。只有讀者才會那麼失望……加上主編身分可能是雙重失望。如果長得正常些，還可以拿來當個噱頭，美女作家比較有市場。

「你好，我是吳漱芳。」她很客氣的打招呼。

鄭主編很快就回神，緊抿著嘴，異常嚴肅的回應，「吳小姐，我是鄭一帆。」

後來的對話就很客氣，漱芳完全就當作自己是來吃飯的，吃完就能走人。又不是第一次，習慣就好。

「吳小姐，願意把所有小說都交給敝出版社嗎？」上咖啡時，鄭主編突然問。

「……所有？」漱芳啞然片刻，才驚覺張著嘴太蠢，趕緊閉上，「你指我部落格上的？所有？那太奇怪也不市場……因為分類上……」

「是很奇怪。」鄭主編坦承，「我不明白……這都是妳寫的？」

「……對。」

「最少有七種以上的文風，只是對女主角塑造太固定，若不是這點，我真不敢相信是同一個人……」鄭主編盡可能溫和的一笑，看起來卻很猙獰，「只要修改這一點缺陷……」

「我不想修改。」漱芳很快的回答。他們最大共同點就是喜愛相同類型的女主角，這是他們這七個裡頭的「一」。

鄭主編又皺緊眉頭思考，勉強點點頭，「那也……無所謂。但是部落格希望能夠關閉……」

「對不起，我必須拒絕。」漱芳搖頭，「那是我的網路備分。」

「如果是備分，為何需要公開？」鄭主編很不悅的高聲。

「備分給路人看看也無所謂吧？」漱芳別開頭。

「但對妳有什麼用處？」鄭主編更不理解了，「沒有留言板不能回應……我知道有些網路作家就是想看這些所以才……」

「……以前，我們也喜歡看。」漱芳低低的說。

「什麼？」鄭主編沒聽清楚。

「呃，以前我也喜歡看。以前……這些都是有的。」漱芳苦笑了一下，「但是我……我太不成熟。看到好的評論固然開心，但是看到壞的評論就會憂傷。讀者難免會催稿，但我只有一雙手，想寫的故事卻很多……」她的聲音輕了下來，「我不想讓讀者難過，可我也不想傷心。所以都關掉了。」

他們倆都沉默下來。

鄭主編聲音突然柔和下來，「太溫柔是賺不到錢的。」

漱芳抬頭，有一種難以言喻的感覺。說出這句話的鄭主編突然一怔，滿臉通紅的請她再考慮，並且送了一本樣書給她，匆匆結帳離去。

那本樣書翻開，有個奇怪的簽名，由九個線條畫出來的漩渦。

「這是……」玄疑惑的說，「尾巴？」

「……誰知道。」漱芳沒好氣的回答。

當天晚上她進入曼珠沙華，瞪著尋來的夜沁。「只是觀察，吭？以後我什麼都不會告訴你了！」

「那也是他的心裡話，不然我也沒辦法藉著他說出來。」夜沁將頭一別，「……我只是很想在現實見妳一面。」

「不要隨便拖人下水啦！混蛋！」漱芳把茶杯扔過去。

夜沁靈巧的一閃，「……他很愛慕妳。」

「我們，是我們的小說！」漱芳沒好氣，「拜託你不要亂來啊！……等等，你們一定有什麼規範……被知道會怎麼樣？」

「已經被知道了。也沒怎麼樣……就是被罵了一頓。」他沉默了一會兒，「妳……白頭髮好多。」

漱芳終於把茶壺和火爐都扔過去了，「要你管！」

原本以為那麼不愉快的會面，鄭主編會放棄……畢竟在二十一世紀中葉，寫小說的人多如過江之鯽，而她那個乾淨沉默的私人部落格，連人數累計都沒有公開出來，一點商業價值也沒有。

但鄭主編主動打電話給她，聲音威嚴無比，甚少與人交際的漱芳都膽寒了，只好唯唯諾諾的答應再次會面。

結果當然是談不攏……不是文風或版稅，而是漱芳自動降低版稅，但是堅持要維持那個乾淨沉默到不行的廢物部落格。

耐著性子約談了幾次，鄭主編終於發脾氣了，「妳不要太把讀者當回事了！讀者是消費者，消費者！讀者的喜歡可以吃嗎？可以用嗎？吳小姐，妳已經是二十八歲的成年人了！妳不要太把讀者的喜愛當回事……他們只是覺得看免費的很爽，並不會在乎妳在燃燒妳的生命！對他們來說，沒了妳也沒什麼差別……反正永遠有新的更和善更諂媚的作者！但妳不應該把自己的才華就這麼白白燃燒掉……」

「不一定會影響銷售量吧……」很不擅長吵架的漱芳期期艾艾的回答。

「會！我在這行幹了十幾年了……會！因為我親手操作過，所以我才覺得不值得……我可以再退一步，如果妳一定要這麼頑固……等出版後妳可以再發表啊。銷售量真的會倍數成長，妳不用這麼辛苦……」

「所以我願意降低版稅啊。」漱芳低著頭，「我的部落格……沒有任何留言的管道。但讀者還是千方百計的想辦法打聽，寫mail給我，甚至寄信到出版社去……並不是，溫柔什麼的。我只是希望我……」我們。「我的其他……作品，也能被看到而已。我不在乎錢……其實我現在賺的也夠用了……」

鄭主編的聲音冷下來，顯得更嚴厲，「其實妳不喜歡寫言情小說吧？」

「……我喜歡這份工作。在我……走投無路的時候給了我一線生機。我也不覺得織夢有什麼不好……當然偶爾會累，但這是工作啊，所以，沒關係的……我也用不到那麼多錢……」

鄭主編突然一把握住她的手腕，把漱芳嚇了一大跳。但是那股難以言喻的感覺又湧上來……

「衍，不要鬧！」她斥責著把手奪回來。

鄭主編呆了一下，比她還狼狽，「抱、抱歉……」

不能怪你，要怪就怪那隻死狐狸精。漱芳苦笑著搖手，「沒事沒事，是我太頑固。」

「……別這樣糟蹋自己。」鄭主編的眉頭皺得更緊，「能有這樣的才華，是天賦。要好好珍惜。」

「……嗯。」漱芳的表情柔和下來，「我知道。我很珍惜……每一個。」

最後鄭主編答應她回去爭取看看，走出咖啡廳時，卻差點摔了一跤，臉色非常蒼白。漱芳趕緊扶住他。

「我一定是……看錯了。」鄭主編有些尷尬，「怎麼可能會有……那種東西。」

看著在陰影處望過來的「那個」，漱芳笑得有點寂寞，「是啊，怎麼可能會有……一定是工作壓力太大了，我的責編就常常抱怨我們這些打字的，真是……抱歉。」

真的，很抱歉。接觸太多就會很明顯……

驚魂甫定的鄭主編扶了扶眼鏡，「……吳小姐，貴出版社……近期可能會有動作。所以，不要太頑固。」

「……好的，我會考慮。」漱芳低頭。

……好累。真想……一直睡下去。但她躺在床上意識朦朧時，大姊打電話給她，照例先把她罵了一頓，叫她回家吃飯。

真的，可以回家嗎？

她振作了一下，還是換了好一點的衣服回家，照慣例還是被老媽數落了半天，還是爸爸解圍的。

家……溫暖的家。其實他們家一直都很好，那時候到底在想什麼呢？總覺得……

最中間的孩子，是隱形的孩子。

爸爸疼姊姊，媽媽疼妹妹。他們也想要……一個只疼自己的人。都怪在青春期和月的身上，根本不公平，不是嗎？那是他們七個人共同的貪念，雖然不寂寞，可是……

可是自己不能擁抱自己。想要一個只屬於他們的人，眼中會出現喜愛的光輝。

但等了解家是多麼可貴，擁有的是怎樣的珍寶時，已經來不及了。

正在吃飯的時候，空無一人的廚房突然大響，原本正在談笑的家人安靜了片刻。總是……這樣。

放下飯碗，漱芳苦笑，「那個，我……」

「回家住吧。」媽媽突然開口，「搬回來吧。妳一個人在外面……看看妳瘦成什麼樣子！什麼都不要說了，搬回來吧！」然後，就哭了。

對不起。在心靈的角落，玄落寞的說。

笨蛋。她無聲的回答。

一直責怪自己的玄。住著就會發生一堆怪事，那麼狂飆放浪過的女兒，家人也不想放棄。

真是……你們這樣，我該跟誰抱怨啊。

「以後吧。」漱芳笑得很幸福，「搬家好麻煩的。而且我還有稿子沒寫完啊……編輯天天打來家裡吵，也不太好吧。」

最後她連過夜都沒有，還是回去了。

真的好累。

「哪，我們做個實驗吧。」她躺在感應艙裡，「試試看你們登入，而我不登入可不可以？」

「……對不起。」玄的聲音更落寞。

「你再說一次，我就真的生氣了。」漱芳蒙住眼睛，「我又不是氣你……我只是累了，想要真的睡一下。」

所有的人都沉默了，動也不動。

「好啦，你們都不當我是隊長了。」漱芳拉長了臉。

「……煩死啦！」貳發脾氣，「你們這些人真討厭死了，相互體貼的這麼噁心！我才不管你們！」率先登入。

「口嫌體正直。」參咕噥著也跟著登入。

鍵嘆口氣，把其他人也勸著登入，留下她。

果然，我不登入也無所謂的。漱芳想。

但她真的疲倦了，不想進去發脾氣。唯一可以抱怨發怒的只有那隻死狐狸精。但是……討厭呢，為什麼要有這麼強的感受……

強到可以感受到死狐狸精的善意和強烈的不忍。

真是，討厭極了。

她睡去，一個夢也沒有做。或許是因為……實在太疲倦了。

雖然睡得很差，斷斷續續的，醒來覺得更疲倦，但心情平靜不少……然後啞然失笑，這麼大的人了，鬧什麼脾氣。

其實她也明白，大家都是善意的。連語氣很凶的鄭主編都是希望她放緩腳步，不要拚了命的寫……昨天才見過面，今天就追加e-mail，叮嚀囑咐她一年不要寫超過四本，把自己的才能燒過頭，同時燃盡生命。

或許吧。交給鄭主編，他們的存稿可以讓她休息幾年，也不會削薄自己的價值，還能愉快的過日子。

「看起來是個好主意。」鍵說。

其他人亂烘烘的贊成，也願意各自克制想寫的欲望。

「……我會考慮。」漱芳溫柔的回答，卻沒承諾什麼。

這一天，她倒是閒散下來，去附近的公園散步，戴著口罩。這樣，她才不會想放鬆反而更繃緊精神。他們可以安心的聊天嚣鬧，只是附近的鄰居還是投以有些奇怪的眼神……她的手肘不知道什麼時候割傷了，血一路滴滴答答的流下來。

真想去一個什麼人都沒有的地方。真想睡下去就不要醒。按著傷口回家，她默默的想。

「睡得太差了。」漱芳伸了伸舌頭，「我們上一下曼珠沙華？」

「好啊好啊！」

還是在這裡比較好。能夠脫離病痛和憂傷。能夠……真正的睡覺。等她再睜開眼睛，身上蓋著一件披風，夜沁坐在她旁邊出神。

果然，別睜開眼睛比較好。

「現在的人類，」夜沁望著天空說，「雖然還是很短命，但慶祝一百二十、三十歲生日的已經不希罕，活到百歲是很尋常的事情。比我剛觀察那會兒，壽命已經延長很多了。」

漱芳動也沒動，沉默著。

「但為什麼……妳恐怕連三十都活不過呢？」

結果還是說了呀。

「誰知道？」漱芳淡淡的回答，「早說過別過問我的事情，更不要拖人下水……鄭主編是個好人，你不要隨便的指使人家或附身……」

「好人好人……每個人在妳眼裡都是好人……妳聖母個屁啊？這麼聖母也不會有人希罕……死是妳自己在死！」

漱芳終於被激怒了，「聖母又怎麼了？把每個人都想成好人錯了嗎？為什麼一定要壞心眼自私自利才可以？現實這樣就很糟了……連寫小說女主角只要寬大一點都會被這樣講！關你們什麼事情，我高興我喜歡不行嗎?!反正我很快就會死了，其實我很高興你們知道嗎？因為我再也不用聽你們說這說那了，我終於可以安靜了！」

「閉嘴！」夜沁一把攢住她的手腕，「妳別想！要聖母就隨便妳了……我絕對不允許妳隨便死掉！我觀察你們兩百年，兩百年了！好不容易……好不容易才發現最珍稀的樣本……人類的壽命已經夠短的了，我絕對不允許妳就這麼死了！」

夜沁的神情很可怕，「妳只要統合起來，就不會消耗太甚，可以擁有正常人的壽命了。」

「……統合？」漱芳的臉色沉下來，「事實上，就是殺了他們，對吧？衍，不要讓我恨你。你傷害哪一個，我都跟你誓不兩立。他們不僅僅是『手足』，我們既是七也是一！你不要逼我用死亡來永遠離開！」

兩個人都發完脾氣，呼吸粗重的怒目，夜沁先疲憊起來，鬆開她的手。

「……一個人能承受的靈魂最高額度，是四個。」他扶額，「而且必須輪流休眠，沒有人能夠全體清醒，個體獨立彼此認知。」

「我猜也是。」漱芳低聲回答。

「有的人號稱有很多……幾十個，但大部分都是殘缺的。也就是說……他們有點像是連體嬰，而且是只有部分呈現的連體嬰，數量看起來很多，其實不完整。不完整的魂魄……是沒有辦法在曼珠沙華呈現的，系統大神更不會承認。

最穩定而常見，能和平共處互相認知的，是雙重人格，系統大神也承認。但像你們這樣七個都能呈現，毫無缺陷的，真的是獨一無二。

但這樣的獨一無二會害死你們全體。因為你們只有一個載器，卻必須承擔七個靈魂的滋養和重量！若不是我藉著那傢伙的手觸摸了妳……我真不知道會這麼嚴重和衰弱！」

「我知道。我們，早就知道了。」漱芳疲倦的揉揉額角，「衍，你想知道什麼，我都會告訴你。一、兩年的時光，也夠讓你完整報告。時間已經不多了……我們不要浪費在吵架上。」

「……我不要，我不要。」夜沁不甘心的瞪她，「好不容易才遇見妳……你們這麼珍稀的樣本。我不要就這麼放手，絕對不要！」

「我在看醫生，也並沒有失去求生意志。」漱芳平了氣，柔聲道，「我只是比較虛弱，又不是真的有病。說不定我會活得比別人久呢……何況現在有曼珠沙華，其實負擔已經小很多了……」

夜沁別開頭，咬著牙說，「……發脾氣啊，對我發脾氣啊！幹嘛什麼事情都替別人想？像剛剛那樣不是很好？不要苦笑著安慰我！」

漱芳頹下肩膀，「……你們一個兩個全都這樣。明明心疼我，卻用最差勁的方法包裝，媽媽和你都用罵的，玄他們都再三顧慮……討厭的是你們吧？這樣……我該怎麼抱怨，對誰抱怨啊……」

她摀住臉，「我討厭哭，因為頭會很痛……」淚水不斷的從指縫滲出來。

夜沁有些蠻橫的將她壓在胸膛上，抱了個滿懷。漱芳沒有掙扎。

他們七個，都各有特色。她的特質難以察覺，卻分外令人苦笑。乃是……感受。特別是對於無私的善意。

所以她特別清楚的感覺到夜沁無能為力的痛苦和單純的不忍。

這一生，或許會很短暫，但也……算得上很幸福。沒關係了，無所謂。

二十九歲生日前後，發生了許多事情。

首先，是她工作多年的言情出版社縮編，她這個二線作家優先裁員。不過鄭主編終於說服了上司，讓她保留那個一點用處都沒有的部落格，犧牲了兩趴的版稅。

鄭主編一定早就風聞了老東家的困境了，所以才會提點她，還會想盡辦法幫她吧？

其實，命運待她算不錯的了。每每山窮水盡疑無路，就會柳暗花明又一村。

另一個好消息是，他們終於，通通封頂了……花了將近一年的時間。還刻意在生日這天封頂，最後大吃大喝大鬧，和朋友們相聚慶祝……開服這麼久了，像他們花這麼多時間才封頂也算奇蹟了。

月熱情滿點的辦了一大桌好菜，大家都吃得心滿意足，喝得東倒西歪。

只是，禍福相隨，那天下線後，月沒有跟著回來。而他們的銀行帳戶轉出了一筆轉服費[25]，月轉去地獄之歌。

然後他們很多天都沒上線，像是突然消失了。

她啊，一定恨死我了。被罰圈禁在青山之國侯府的夜沁默默的想。但他實在沒有後悔……可惜來不及，被發現得太早。不然他真會盡可能的煽動其他人……只要瀲芳可以活下去就好了。

觀察人類太久、太著迷的後遺症嗎？就算能多拖點時間，渾沌者和人類的時間流逝還是差距太大，十年不過是一瞬間。

但就算是一秒鐘，他也不想放棄。

正在發呆，結果侯府來了一個意外的訪客。他詫異的看著玄……漱芳的七之一。

「唔，真的被罰了呀。」玄推了推眼鏡。

「……漱芳還好吧？」他有點不悅。這傢伙……一定是把什麼都告訴這些人。

「命保住了。還好救護車來得及時，只是頭髮全白了，一條腿有點不方便……其他都是小毛病。」玄淡淡的回。

……果然。

25：轉換伺服器的簡稱，由於伺服器可承載的玩家數量有限，因此網路遊戲的經營必須以多個伺服器同時運作來進行。玩家角色的資料通常被限定在單一伺服器內，不能與其他伺服器相通，如需轉移則需額外付費。

「不過她的損耗的確減緩了，大概可以多活幾年……可以撐到四十也說不定。」玄笑了笑。

「我不會道歉的。」夜沁傲然的昂首，「明明知道她的狀況，你們居然還眼睜睜的……」

「我們並沒有眼睜睜的看著她註定早夭。」玄平靜的看著他，「我們生活在一起二十九年，十一年都是獨居。我們試著留下她沉眠，或者留下月和鍵跟她一起……結果都很糟糕，每次都讓她承受更大的病痛，直奔急診室。

既是七，也是一。但跟軀體同步率最高的是隊長，痛苦也是她概括承受。每次的實驗都讓她痛苦不堪……所以我們決定不再試驗了。反正……月若能幸福的活下來，那也就可以了。我們會跟她一起走……」

倏然的，玄一拳砸在夜沁的臉上，這個一直冷靜得很高人的玄，難得的出現怒容，「我不恨你煽動月離開，但是你讓隊長受到很大的痛苦，饒不了你！」

夜沁被這拳打出怒火，也回了一拳，兩個人你來我往的互毆，打得滿室生塵，滾成一團。

揪著夜沁的領子，玄咬牙切齒，「若不是抱著隊長像是左手抱右手，我才不想把隊長交給你這種不是人的傢伙！」

「你這變態！我真恨不得把你們全滅了！」夜沁火氣更大，也揪著他的領子。

「變態？我跟隊長又沒有真正的血緣關係……就是同生在一個軀體裡罷了。她是我的隊長、知己、家人！只是生不出異性的愛情而已！我們都說好輪迴轉世以後盡可能找到所有人再當手足了……誰讓你來誘拐隊長！害她又那麼痛苦！」

「我不要看她死！就算痛苦也給我活著！」

兩個人打到守衛都上前干涉，卻被夜沁怒吼著轟出去，繼續拳拳到肉的互毆。

到最後，兩個沒開PK[26]的傢伙，鼻青臉腫的脫力，大失形象的躺在地板上喘，夜沁抱怨，「嘖，把你的臉別開……超噁心的，和漱芳的臉長得那麼像。」

「我才奇怪隊長怎麼會看上你這裝模作樣的傢伙。」玄沒好氣的回嘴。

26：PK，Player Killing，本源於意指玩家殺手的Player Killer，但在廣泛引用後，轉而演變成「一對一決鬥」的意思。

沉默了一會兒，玄開口，「……月，會過得好吧？你們這個該死的伺服器不會說關就關，反害死她吧？」

「不會。我保證……不會。我也……託人照顧了。」夜沁頓了一下，「你們……從來沒有這種例子，所以未必能夠……輪迴。說不定，你們可以在曼珠沙華……」

「那隊長只能自己死去了。太孤獨了……」玄凝視著精雕細琢的華美屋頂，「隊長是打這個主意沒錯，我希望別人能活下來，但我一定要跟著隊長……到最後一刻。」

「……你們每一個，答案都差不多。」夜沁也看著天花板，「我真恨你們。漱芳是我的！我的！」

「才不是。只是剛好隊長對你有好感，我們不得不接受罷了……我們既是七，也是一。」玄把歪掉的眼鏡調整一下戴好，「總之，我把話帶到了，隊長沒事。你安心坐牢吧，再見。」

「你們……會那麼強烈的吸引異類，固然有你的因素，漱芳也脫不了關係，對吧？你若是發出吸引異類的音樂，那漱芳就是完美呈現並且放大的音響。」

玄背著他站了一會兒，「這話，你別告訴她。你敢傷害她，我們全體都不會饒你。」

「……你們真是溫情脈脈的讓人想吐！」夜沁怒吼。

「哼，忌妒吧？」玄微微偏頭，斜視著他。「……這就是，人和人之間的緣分。以前……還沒來曼珠沙華之前，或許感受不是那麼深。能夠和其他人相處以後才發現……能夠如我們這般相投的自己人，真是千萬人難逢的緣分。這個啊，可比愛情還奇蹟。」

他拍了拍衣服上的灰塵，顯得淡然從容，「就是太難得了，才會短命。那是應有的代價……」他的淡笑浮出一點點邪惡，「最初到最後，都是我們相陪著隊長啦，你也就占那麼一丁點、微不足道的卑微愛情分量……」

夜沁簡直要爆炸了……因為玄正好站在宮殿之外……他出不去的地方。「站住！你給我回來！」

玄背著他走開，瀟灑的揮手，「等我轉生成九尾狐再說吧，亡國侯。」一路笑著離開。

這變態的笑聲，真是令人討厭到極點。夜沁深深體會到，妹控最令人厭惡的地方。

「八百里外就可以聽到你的聲音。」悅耳而輕緩的聲音響起，身影從虛空中綽綽約約的浮現、清晰，然後緩緩的落在夜沁面前，「跟凡人有什麼閒氣好生？」

夜沁無精打采的抬頭看他，「喔，小陌……啊，也就這兒能這樣隨便叫，回到咱們那，我大概就等砍頭。」

只戴著一只耳環，清雅秀致的陌桑國主笑了聲，「在這兒，我們也不過是一絲歷劫的神識，誰也沒比誰高……應該說，我還是三十一國排名最末的的國主，名義上的子民只有七個……哦，現在是六個。剛我名義上的子民還來跟你嗆聲。」

夜沁沒有說話。現在他覺得很心煩，不願再去想漱芳吃了多少罪，受到什麼程度的痛苦，所以火速轉移話題，「你怎麼突然跑來？系統那破玩意兒沒囉唆？」

「……我提出的申請不妨礙這世界的運行，系統也就批准了。」陌桑國主淡淡的說，「衍，我想見熒兒。」

夜沁微張著嘴，「……哈？熒惑？你養的那隻寵物？可不是早掛了嗎……？」

一直溫和噙笑的陌桑國主沉下了臉，陰寒的殺氣不斷溢出，直到接到系統警告，才勉強壓抑住，已經把夜沁嚇了個不輕，貼在牆壁上了。

他咬了咬牙，盡量壓住殺氣，「熒兒不是寵物。」

夜沁高舉雙手表示投降，搔頭回想那隻火精鳥長什麼樣兒……陌桑國主已經冷靜下來，取下自己的耳環遞給他。

拿著那只耳環，夜沁感慨萬千。當初爭名額，他是靠著自己屬於學者一脈的知識（特別是人間的知識）與規則才勉強打進國主級的末段班，和「談笑間，檣櫓灰飛煙滅」的遠親冥道主不同，晉級的異常辛苦艱難。

渾沌之貪婪者，不是當假的。

但小陌居然沒爭到界或道，反而還排在他後頭，讓他完全摸不著頭緒。因為小陌是渾沌之秩序者……論等級就是跟冥道主比肩的，論權勢更是在渾沌中維持秩序的最終判決。

勉強用人間的說法，就是他們諸渾沌的王者。當然，這樣翻譯不太正確……但在有尊號的渾沌者中，小陌的本尊的確是最被尊重的……冥道主的本尊貪婪者是最被畏懼的。

他的本尊麼……連號都混不上，是個在學學者，學者那脈的武力是出名的貧弱。遠親的貪婪者還勉強睥睨過他幾眼，一點親戚關係也沒有的秩序者高高在上，忙碌不堪，只有他們學者這脈的族長才有資格因為資政見到秩序者，連他的指導教授都無緣親見。

結果秩序者來當妖界三十一國最末的陌桑國主，看到他還會笑和打招呼，尊稱還不高興，要他喊小陌就好。

諸渾沌出身的歷劫神識，都習慣戴一只耳環，功用和凡人的日記或雜記差不多。

結果小陌的耳環裡沒有什麼國家大事，只有不斷回憶追思他的「熒兒」。一隻在諸渾沌眼中的火精鳥寵物，註定活不過千年，夜沁甚至看不出來和其他火精鳥有什麼不同。

嘆了口氣，夜沁握著小陌的耳環，用知識和規則重組構造了栩栩如生的「熒惑」，小陌的熒兒。

「果然你是辦得到的，學者一脈非同凡響。」陌桑國主稱讚，「就算在系統的重重控制下也行……太厲害了。」他露出純淨的笑容，柔聲道，「熒兒，來。」

漂蕩火羽，和人間鳳凰或不死鳥有些相類的火精，翱翔著飛棲到陌桑國主的手臂，親暱的摩挲國主的臉龐，落懷成了少女模樣，環繞著火焰，火紅的眼眸專注的看著陌桑國主。

「……雖然是幻影，還是謝謝。」陌桑國主恢復了纖柔雅緻，很誠懇的道謝。

「擔待不起擔待不起。」夜沁胡亂搖手，「那個，在規則內我只能維持十五分鐘。呃……需要我先迴避嗎？」

陌桑國主搖搖頭，鬆手讓熒惑恢復鳥身起飛，望著她既翱且翔，眼神溫柔惆悵，「這樣就可以了。」他自言自語似的，「只有看著熒兒，跟她相處的時候，我才能暫時忘記自己是秩序者……可以把自己放空。」

「……所以你是故意、故意……」夜沁顫手指著他。

「嗯。」陌桑國主很大方的承認，「第一不難，但最末得取倒比我想的不簡單。沒辦法，雖然是自己選的路……我也以身為『秩序者』為榮。但我希望……將來歷劫回歸，能有一段曾經悠閒愜意時光的記憶。」

夜沁沉默下來，跟著陌桑國主一起看著翱翔飛舞的火精鳥。的確是很美，坦白說沒有什麼用處，但是美麗，很美麗。

十五分鐘過得很快，只餘一片虛無。

陌桑國主站著，背影如此落寞。

出身於聰明智慧的渾沌學者一脈，夜沁居然找不出任何言語安慰陌桑國主，只能乾巴巴的說，「……火精鳥的壽算……原本就遠遠趕不上諸渾沌。」

陌桑國主笑了一聲，有些寂寞又有些狡黠。轉頭看著夜沁，「我會如此傷心，是因為我所疼愛在意的熒兒，剛過兩百歲生日……沒能活到她年紀所應該的上限。而其他的火精鳥，都不是我的熒兒。」

夜沁的臉孔，一點一滴的慢慢失去血色，心卻漸漸的疼痛起來。

「我並不是想要強留她到諸渾沌的壽限……怎麼可能？但她在族群的時光流逝

中，依舊年少，卻因為我的疏忽壽促而死……我若早回來一天，不，若我早點發覺她的日漸虛弱就好……」

陌桑國主溫柔的喊著夜沁真正的名字，「你會為了那個人類落到被拘禁甚至差點被驅逐的地步，不就是，和我相同的心情嗎？」

最應該恐懼的，不是貪婪者，應該是他眼前的秩序者才對。

因為他理解秩序了解脈絡，能看透諸渾沌的心。

「我不知道。」夜沁煩躁的說。

「你會知道的。」陌桑國主微笑，哀傷的，「我絕對不會把那個人類誤認成是你的寵物。」

他施施然的離開，轉頭問，「下次我什麼時候可以再看到熒兒？」

夜沁不耐煩的回答，「三個月後！沒唬你，『擬幻為真』的CD[27]就是這麼

27：CD，cold down簡稱，中譯為冷卻時間，意指技能或法術使用過後重新再施放所需的時間，用以避免玩家連續施放強大技能，導致遊戲中強度失衡的設計。

長……不然你先去砸了系統那破玩意兒！」

「我不會這麼做，衍，我也勸你最好別觸怒系統。」陌桑國主閒然輕笑，「人類怎麼說來著？雞飛蛋打？」

已經煩躁兼亂麻狀態的夜沁惡狠狠的磨了磨牙，拳頭握得快擰出汁。若不是怕日後歷劫回歸被大神能的秩序者報復，他真想乾脆的蛋洗陌桑國主，讓他親自體會一下「雞飛蛋打」的部分詮釋。

半個月後，還在坐牢的夜沁終於見到了漱芳。

他一個字也說不出來，這個在諸渾沌中依舊年輕的在學學者，相對於短暫如朝露的人類而言，已經看過太多歲月。第一次，這是他活到此刻第一次感到深刻的慟。

因為他知道系統的真相，他了解這個虛擬的世界群是系統巨大的人工夢境，所有的人類玩家登入也只是隨著系統的夢境浮沉而已，除非是重大到損及魂魄的傷害，不會呈現在這個「巨大人工夢境」中。

但微笑著向他招手的漱芳，即使走得很慢，還是有點跛。原本烏黑的長髮，滲入了許多銀絲斑駁，比全白還怵目驚心，面容憔悴不堪，臉孔時不時無法控制的抽搐。

「……我以為，妳不會來。」夜沁的聲音沙啞。我以為妳永遠不會原諒我。

漱芳笑了一聲，「你是……唯一只看到『我』的人。」她的語氣有些惆悵，「黑暗面……果然還是有的。即使我常說我們『七即是一、一即是七』，但我雖然是隊長……負責面對世界。但會吸引別人的往往是『我們』，不單單是『我』……」

語言，果然很不精確啊。漱芳對自己感嘆了一下。並不是，絕對不是討厭自己人。記得嗎？她令人苦笑的天賦就是「感受」。她明白自己的渴求，更明白其他人的渴求。

迷迷糊糊狂飆而過的青春期，為什麼誰也沒有反對，如飛蛾撲火似的墜入深淵……那時還太年輕，誰也不能真正明白。現在他們都明白了。

鮮明而獨立的各「自我」，都渴求自己的「唯一」。在太年少時摔那一大跤其實是幸運的，接受了「我們」的命運，壓抑貪求。

以為「我們」就會這樣安然平靜的壽促而死，擁有比別人更多，缺乏也不會比只有單獨自我的別人少，充實短促的一生。

直到意外闖入曼珠沙華。

驚愕到呆掉的亡國侯……意外的萌欸。九尾狐一不使壞，整個可愛起來。

漱芳笑咪咪的挨著他坐下，「這個月我們真是大出血……欸，你關在這兒消息都不通對吧？」

「……對。」夜沁渾渾噩噩的點頭。

「轉服費是很貴的呀……」漱芳感慨，「結果上個禮拜就出了三筆。」

夜沁突然不痛快起來，語氣不善的問，「哪三個？」大難來時各自飛嗎？完全忘記這是他本來的希望。

「貳去了地獄之歌……一筆。」漱芳掰著手指算，「然後把月帶回來，兩筆。昨天，貳和月結婚了……在曼珠沙華。」

「什麼?!」夜沁聲線高到破音了。

「在曼珠沙華的結婚是很純潔的，完全就只是……」漱芳試著安撫他，可惜夜沁太淩亂了。

他研究人類兩百餘年，收集不少多重人格者的資料，相互仇恨或互相幫助的都有，但搞到副人格間產生男女之情的簡直是、簡直是……

「之前我也沒看出來，」漱芳倒是很平靜，「只覺得貳特別維護月，月想幹嘛他都是支持的……」她指著自己半白的髮，「我也就送急診室，有點小中風而已，貳差點兒發瘋了……大概是之前都不曾分離沒感覺，一旦分離才驚覺自己的心意吧？兩情相悅，真好呢……」

等等！妳不要接受得這麼瀟灑毫不在意啊!!那是妳的副人格……自己和自己戀愛結婚難道沒有抵觸人類的道德標準嗎?!

幸好漱芳是文字工作者，語言組織力很強，不然還真不能聽懂夜沁的語無倫次。「我們都不覺得有什麼問題。超幸福的……你有什麼不滿嗎？」

……系統這破玩意兒是發瘋了還是超超超級雙重標準?!對他們這群白打工的偽NPC動不動就系統警告，這種違背倫常到極點「自給自足」居然毫無異議的通過了？

要知道當初建構「曼珠沙華」的華雪程式部和企劃部嚴謹到簡直雞蛋裡挑骨頭，現實內三等親都不能申請線上結婚了，何況這種……這種……他都說不清楚的超級近親狀態！

真難得可以看到狐狸精崩潰啊。漱芳暗笑。看他轉來轉去的碎碎念兼炸毛，硬撐的風華全成了渣，頗具觀賞價值。

連「某種存在」都覺得太扯了，世人若知道真相，恐怕也難以理解和接受吧？但是，管他的。別人是別人，我們是我們。只有我們看到貳鐵青著臉硬把憔悴得形銷骨立的月拖回來，只有我們才知道貳吼著要娶月時，月的驚愕、悽楚和那個「終於」之後的放聲大哭。

「所以不要再做那種沒有用的事情了。」漱芳溫和的拍了拍夜沁，「我們既是七，也是一。我可不想真的中風。低血壓到爆腦血管……恐怕會有醫生爭先恐後的跑來觀察這麼靈異的病例。若是爆得位置不好，像棵植物似的種在病床上活到九十九……那不是『長壽』，而是『長受罪』了。」

「……妳不恨我嗎？」終於從混亂的離題清醒過來，夜沁的聲音有些軟弱。

漱芳只是一笑，偏頭看他，「你說呢？系統已經代我懲罰你了。」

看夜沁一臉莫名其妙，漱芳笑意更深。傻傻的狐狸精。若是恨你，怎麼會稍微沒那麼淒慘的時候，就過來看你。

原來哪怕是「偉大存在」，也跟人類的男人沒什麼不一樣……都是笨笨的。

漱芳跳下椅子，「還要坐牢半年是吧？每天我來陪王爺說一會兒話……小的先告退了。」

夜沁拉住她，想要解釋些什麼，卻被漱芳反拉住，在唇上印了一個純潔的吻。

也就嘴皮子碰一下，夜沁的臉轟的一聲完全呈現點燃狀態，並且附帶石化效果，眼睜睜看著漱芳笑著走出大殿。

女、女人！你永遠不能預料她們會幹出什麼事兒來!!

石化的夜沁除了唇上的溫軟餘溫，幾乎整個停止運作了，腦海裡除了這一段OS重複播放，什麼都想不起來。

* * *

漱芳是笑著從感應艙醒過來的。

只有單一自我的人大概很難想像，只有全員到齊，才能擁有的那種圓滿感。就像她也無法想像只有單一自我的人怎麼有辦法孤零零的獨自踏上人生路。

有點吃力的爬起來，她現在的左腿還有些痲痹，走路有點跛。但已經比剛開始的半癱瘓好多了。

月的離開，可以說是全體默許的狀況下。只是比過往的經驗還嚴重些……這次她連語言都失去，沒辦法求救。只好打一一九，揮手摔了茶壺和玻璃杯，就半癱在書桌上喘息。

幸好一一九非常機警並且高科技化，緊急出動了救護車和救助小組破門而入。

也幸好只是一些很細微並且不要緊的腦部微血管破裂，沒幾天就能出院了，除了有點跛，臉孔偶爾會不由自主的抽搐，說起來不算什麼重症。至於強烈偏頭痛啥的，那都是老毛病，不值得一提。

連拐杖都用不著，你看看這是多可笑的小中風。

結果大樓管理處和醫院大驚小怪，硬在她充當床鋪使用的感應艙外加裝了警示鈴，按下去就隨時有人破門而入來救人。

她也只能苦笑。

就只是……暫時性的無法適應「失衡」，肉體就會非常忠實的實現各種形態的爆炸。也不會真的炸死……有點受罪而已。只是突然失去說話的能力太糟糕了，不然以前她都能冷靜的叫計程車，而且能緩慢卻堅決的獨自下電梯，扶牆出去搭車。

以前是沒辦法，他們七個只能「棲息」在這個肉體裡。但曼珠沙華為他們演示了一種可能——或許有人能活下來，不用隨著共赴早逝的命運，延長一點肉體的使用期限。

所以他們都知道夜沁的煽動，卻都選擇了默不作聲。

他們卻忘了，即使有鮮明獨立的自我人格，但是，他們終究還是「一」。留下的人不好受，離開的月也飽受思念的折磨。

「別再鬧了，轉服費很貴，醫藥費也不便宜。」漱芳打趣的說。

玄訕訕的，么笑得陰森森，貳則是漲紅了臉，月躲在他背後。參則是很誠懇很真心的追問貳和月在地獄之歌的體驗。

吵吵鬧鬧的內部會議，從出生到此時的密不可分……這就是「我」，「我們」。

生命或許短暫，每時每刻卻燦爛如煙火。其實這樣就夠了。

她戴上口罩，在管理處有些僵硬的和管理員揮手打招呼，計程車已經在等了。

今天是複診的日子，之前的醫生在她這次毫無理由查不出病因的小中風宣告戰敗，將她轉診給一個據說很高明的家醫科學長。

那位劉大夫年紀不小了，頭髮斑白，卻是個沉靜的人。「我看了妳所有的病歷。坦白說，有許多是無法解釋的——最少現在的醫學無法解釋。」

漱芳苦笑了一下，點了點頭。

「之前的王大夫建議妳用感應艙替代安眠藥，效果如何？」他突然話鋒一轉。

漱芳湧起些微警惕，沉默了一會兒，只是他們全體認真觀察的結果，眼前這位大夫是百分之百的人類。

「……很好。」

「嗯，很可惜健保不給付感應艙的費用。事實上這是治療惡性失眠最沒有副作用的藥方。」劉大夫低頭在電腦選了幾個藥物，深思了一會兒又全部刪除，「吳小姐，若不是所有的檢查都否定了，不然我會以為妳是很緩和的早衰症。妳的內臟似乎用一種比現實快好幾倍的生理時鐘衰退，原因……不明。」

劉大夫用指頭在桌上敲了幾下，「吳小姐，既然妳已經有了感應艙，願不願意加入『感應艙醫療計畫』？」

……哈？

最後漱芳糊裡糊塗的帶了一份厚厚的「感應艙醫療計畫」同意書的說明和一堆輔助治療藥物——各式各樣的維他命、鐵劑、鈣片之類的回家了。

感應艙醫療計畫簡單說就是，針對某些精神病患、身心障礙疾病、植物人與病因不明的各種衰退症的嘗試治療方案。目前在精神疾病和身心障礙上已經取得部分成果。

劉大夫認為，並不是每個人的生理時鐘都是遵循二十四小時制的。在吳漱芳的身上尤其可以體察這一點。既然如此，勉強實行工作八小時、生活八小時、睡眠八小時完全不適合這個病例。建議她將工作和生活壓縮在八小時內，用十六小時來休眠，減緩調整過度快速的生理時鐘。

因為避免過度沉迷荒廢現實，所有的感應艙每日累積上線時數只有十個小時，如果想要連續十六小時在線，必須要醫生許可。加入這個計畫有個好處就是月費和生活都有所補助，只是醫療結果必須供國家醫療單位列檔研究。

結果他們七個小組會議開了許久，仔細推敲同意書說明的每字每句，依舊猶豫不決。

最後是玄淡淡的一句，「系統是站在我們這邊的。我們的祕密不會洩漏。」

雖然誰也不想問他何以如此篤定，更不想問他跟系統大神何時心意相通……但還是簽下了這份同意書。

就結果論來說，他們的確因此免除了註定早逝的命運，也替「感應艙醫療計畫」邁出了非精神疾病醫療的第一步，劉大夫還因為這個病例而發表的論文名留醫學史。

但直到最後，還是沒有人發現這個「病例」，事實上依舊屬於精神醫學的一部分，更對所有的「NPC」沒有任何異常發現甚至懷疑過，可說是一大敗筆。

剛開始，突然改變作息，在現實的時間縮短到只有八小時，他們都不太習慣。但一個月後，回去複診時，內臟原本快速的衰退，居然減緩許多，讓他們對這不靠譜的治療法大大改觀。

只是這麼一來，曼珠沙華反而更像是他們的「現實」，而真正的現實顛倒過來像「夢境」。

唯一納悶的只有鄭主編。他已經知道漱芳的病情和休養，知道她只有八個小時是醒著的。不能明白的是，漱芳不但每月一書，有時還有三書四書，勸她好好休息的結果是……三個月後七本書都e-mail給他，七種文風，品質不降反升，而且各自的風格更強烈有特色。

這是怎麼辦到的？鄭主編真的茫然了。

他不知道的是，自從地獄之歌開放了線上DVD觀賞引起好評連連後，華雪意外發現全息網路遊戲吸引來的客戶群，並不只有年輕力壯喜愛打打殺殺的少年郎，更有些只是純休閒的玩家。之前除了玩玩生產技能，只能聚在一起吃喝擺龍門陣，幾乎沒有其他選項。即使線上DVD要額外收費，卻大受這些白天忙碌的純休閒玩家的歡迎。

經過這樣的啟發，華雪從善如流的推出許多額外的付費服務。而且曼珠沙華遊戲群拍片風氣很盛，有的玩家還嫌從感應艙轉錄出來太繁雜，要求能直傳youtube或寄到自己的mail信箱。

既然影片都能寄了，文字檔能寄回自己信箱似乎也沒什麼不可以……當初綠方原始設定的大圖書館看似毫無意義，結果曼珠沙華開服沒多久，在玩家投票最喜歡的設計中，幾乎囊括了所有華文書籍的大圖書館名列前茅，一直都在前五名內。

多年的習慣很難更改，一天在線的時間又那麼長。最愛泡圖書館的鍵首開先例，到最後連最坐不住的貳都會每天跑去寫個幾個小時，其他人當然更不用說。結果就是造成主編被稿件淹沒，有時候部落格發文速度快於讀者閱讀速度的奇景。

漱芳偶爾抬頭，看到其他人都像小學生寫考卷似的埋頭苦寫，會忍不住發笑。

結果他們最喜歡的，還是說故事。

誰寫完了，就湊在一起看，一面起鬨一面胡鬧添料，這就是他們最喜歡的時光。

然後一哄而散，玩生產技能，找各自的朋友，擁有，自己的人生。

或許醫學也不是那麼的無用。最少誤打誤撞的讓他們找到解除生命耗損過度的厄運。

*　*　*

這天，青山之國下著綿綿春雨。撐著桐油傘的漱芳，剛去探望了煩悶的可憐侯爺。夜沁還有一個月的牢要坐，三十天，一日都沒得商量。

其實她明白侯爺真正的鬱卒。人類異想天開誤打誤撞的「藥方」居然有機會解除他們註定壽促的命運。並且先講求不傷身體，才追求效果……讓他這個誤開「藥方」的「偉大存在」很傷自尊心。

但是男人，就是講面子、愛死撐。哪個種族的男人都一樣……「偉大存在」也不例外。

雖然不會戳破他，平常的時候，漱芳會多留一會兒陪陪他，但今天已經跟自己人約好了，要去新副本普通級相柳領地觀光。

「結果我還是排在他們後面！」夜沁萬分不滿。

「我跟他們認識了一輩子，跟你認識才一年多。」

「……」

蹲在牆角畫圈圈的狐狸，實在可愛得緊，差點就捨不得走了。漱芳默默的想。

收起桐油傘，她御劍飛行，穿破雲層，就是晴空萬里，筆直的趕赴集合地點。

詫異的是，向來平和的玄和么，竟然似乎與人起了衝突。

巧妙落地，她睇了玄一眼，玄只是挑挑眉。幾乎只是前後腳，所有的人幾乎都到齊了。

玄和么堵著路，護著一男一女，跟一群人高馬大的漢子對峙。從角和鱗狀刺青或紋身看來，應該大類上都是龍族，裝備幾乎都金光閃閃瑞氣千條的極優。衣角的繡花都相同，是同個公會的吧。

玄和么護著的男生，應該也是龍族之屬……女生就讓漱芳當機了數秒。奇怪的感覺，太奇怪了。卻不是因為她的服飾很違和……起碼在東方背景的曼珠沙華中，穿著西方破舊長袍掛十字架項鍊拿法杖的女性，確實非常跑錯棚。

很像人類……但又不是。很像偽NPC……卻也似是而非。像是介在兩者之間，卻缺乏那種畏怖感，反而有種模糊的親切。

玄開口了，「你說……他是你哥？現實中的親哥哥？」他問著那個有些文弱的小男生。

小男生默默點頭。

玄嘆了口氣，轉向帶頭的留著帥氣鬍子，英俊挺拔的領頭人，「這位哥哥……你帶這麼多人來殺你弟？就因為他不肯把寵物給你？」

「他是補師，要一個補師寵做什麼？」那位哥哥傲慢的昂起下巴，「本來就是應該給我！」

么非常難得的發了罕有的憐憫，「人生有很多不幸……最不幸的就是落點不好，攤上這麼一個畜生哥哥。」

其他人倒是挺有同感的點頭。孔融讓梨也是得心甘情願啊，哪有不讓就揍外人殺弟弟的。

不過漱芳額外的多看那位女生一眼。她知道曼珠沙華開放了寵物系統，不過寵物取得十分困難，導致現在是天價狀態。而且寵物的養成很漫長，到實戰堪用……現階段還沒幾個人擁有這樣的寵物。

但她的困惑更深了一點。她還沒聽說過有人擁有人形寵。

「……伊麗莎，是夥伴不是寵物！」那個靦腆的小男生鼓足勇氣吼了出來，「我不會把她交給你的！」

那位哥哥火大了，「王正恭，你找死！」

但他衝上來的時候，貳比人還高的斬馬刀轟然出鞘，砸出地裂，讓那位王家哥哥因此重心不穩差點跌了個狗吃屎。

「老子最瞧不起欺負自己手足的傢伙了！」貳鼻間獰著怒紋出虎牙了。

「EU，你沒事吧?!」、「管什麼閒事啊你們？」、「滾開啦，陌桑的廢物！」王家哥哥愉快的夥伴們終於不愉快了，戰況一觸即發。

在他們私有頻道[28]，鍵輕咳一聲，「往左跨三大步。誰都別出手。」

雖然不明白為什麼，玄還是拉著王正恭小弟弟，和所有自己人往左跨了三大步。結果玄、么和貳護著嫩豆腐似的自己人和小弟弟，捱了一兩刀……從樹林裡衝出來一群引國狼族巡邏兵讓那些主動PK的傢伙殺千刀。

「我們離引國狼族領土只有三步距離。」鍵友善的解釋，「而且剛剛我遠遠的看到巡邏兵往這邊來了。」

……理智冷靜難道很容易進化成腹黑？

曼珠沙華能自由PK的只有幾張無主地圖和國境邊緣，再不然就是敵對國領土。神民……有段時間人數零，神經病才去跟他們搞敵對，所以通通是中立。本來這群來自西海蛟族的王家哥哥和夥伴們與引國狼族也是中立，但是在國境之內妄動兵刀，巡邏兵的尊嚴是不能忍的。

28：遊戲提供的一種溝通模式，交談內容限制為僅有加入頻道的玩家可見。另有世界頻道、公會頻道等不同限制的溝通模式。

場面很血腥，必須馬賽克。

「你哥為什麼叫做EU886？」參很誠懇的問，「他是不是沒有切換輸入法，才導致取了這麼蠢的名字？」

遊戲名為「文殊」的王正恭小弟弟臉都紅了，「……本來要叫做evilundercover……但是太長。可EU已經有人取了，所以……886是台灣區碼……」

「evil undercover是啥？」貳很茫然。

「邪惡的祕密……貳，多讀點書。」鍵嘆氣。

「我才不要。」貳露出厭惡的神情，「多讀點好取這麼中二的名字？怕人不知道他是台灣來的，還886區碼勒，搞屁喔！」

「只是單純跑錯棚吧。」參無邪的說，「他應該去國外玩魔法與劍那款啊……說不定就可以取這麼長又這麼二的名字。」

「什麼貳……中二！是中二！」貳吼了。

「貳就是貳，」月臉紅紅的別開頭，「人家最喜歡很貳的貳了。」

「你看連月都這麼說。」參很理直氣壯。

男生。

「……………」

沒理那邊三個幼兒班等級的爭論，玄和藹的詢問了這個遊戲ＩＤ叫做文殊的小

文殊是塗山玄武族的聖祭（補師）。大類上的確屬於龍族，但系統卻將他分到玄武族……飽受他哥哥和哥哥夥伴的譏笑，沒事就叫他變化真身嘲弄一番。

事實上，在大類龍族中，玄武屬於四相之一，血脈天賦很強悍，戰鬥力也頗不俗，也算堂堂大國，人口眾多。人家想分還分不到，不知道這些傲慢的西海蛟族憑啥譏笑他。

就他們看來，真身的蛟好似營養不良的龍，還不如環繞猛蛇的巨龜猙獰莊嚴有分量。何況誰沒事會變化真身？

但文殊靦腆內向，甚至有點自卑、防備心重，幸好玄不但很玄，也很會拐人，才慢慢套出點話兒。

兄弟性情不和，那也是沒辦法的，血緣這種事是沒得講理的。像他們和姊姊妹妹就不是很合得來。但是姊妹待他們還是好的，能容忍彼此的不相投，畢竟是一家

人，爸媽也不怎麼偏心。

但是文殊家就嚴重得太多了。長相好嘴甜功課佳的哥哥從小就飽受寵愛，比他小兩歲的文殊像個隱形的孩子似的，還得常常被哥哥欺負。

可他只願說到這麼多，再來就不肯說了。

「……其實哥哥也不是很壞。」他不安的說，「對誰都很好。」一直面無表情的伊麗莎這才抬起罩帽下的臉孔，看了他一眼。

「除了他看不順眼的人以外。」漱芳淡淡的回答。別忘了，她的天賦是「感受」。在曼珠沙華越發清晰。這類的人她又不是沒見過，喜歡帶頭欺負人的孩子王往往不是獨來獨往的不良少年，反而這種資優生才特別喜歡搞這套。

但她很反感，特別反感。她對親情看得很重，不管是他們七個，還是爸媽和姊妹。因為「有異」，她不得不遠離溫暖的家人，結果有人這樣蹂躪糟蹋難得的親情緣分。

文殊不開口了。只是低頭一會兒，「謝謝……我、我們走了……」

鍵攔住他，「不管去哪，都先去中都吧。你是不是御劍的時候被打下來？其實逃跑的時候最好還是騎座騎。我們護送你去中都，那兒傳送陣四通八達，也不會有人膽敢在中都開火。」

文殊呆了呆，求救似的看了看伊麗莎，看她很輕很輕的點頭，他才怯怯的答應下來。

貳大奇，「哇，你們這個主僕地位是不是……」話還沒說完，已經挨了鍵一個後肘攻擊，痛得他把「有點顛倒」四個字吞下肚。

「人如其名。」鍵嘆氣，招出座騎。

「不、不要欺負貳嘛。」月眼淚汪汪的抗議，「他只是比較純真。」

「我不想討論純真跟蠢的關聯性與異同。」鍵冷靜的回答，「隊長，所有的地圖我都背下來了，我來帶路？」

漱芳點點頭，也喚出自己的座騎。他們七個都騎大宛白馬，單純就是沒錢沒空蒐集座騎……全丟到生產技能裡頭了。

為了避免月掉隊或摔進山溝等等意外，貳很自然而然的載著她，其他人騎著國家配給的免費大宛馬，沒想到文殊也騎免費座騎：塗山特產的石熊。

其他人穿得金光閃閃瑞氣千條，這個封頂的玄武聖祭卻一身窮酸。

玄特別跟這個靦腆的小男生並騎，省得他太窘迫。其他人成保護隊型的照應著他。鍵果然把所有的荒僻小徑都背了下來，一路風平浪靜的將他護送到中都。

果然七為一，誰也沒說出口，卻都把自己的庫存挖出來塞給文殊，總算把他一身裝備換得像樣點，月還送了一大堆便當，完全不管他漲紅了臉說不要。

「需要什麼就飛鴿傳書說一聲。」玄不知不覺放柔了聲音，推了推眼鏡，「別跟我們客氣……相逢就是有緣。」

文殊紅了眼眶，很小聲的道謝，帶著伊麗莎沒入人海，一會兒就不見了。

目送了一會兒，七個人都安靜了好久，各想各的心事，卻有相同的愴然和慶幸。

「……去打場副本，我們。」貳非常強調「我們」兩個字，「我們大家一起去。」

「好啊。」向來最懶散的漱芳接話，「隨便哪個都好。」

「嗯，就是，在一起就好。」參很直白，「幸好我們都不是文殊，也沒有誰像他哥。」

結果無邪氣的她一口氣無差別地圖[29]攻擊了全體的心靈，連最陰陽怪氣的么都變色，更不要提易感的月，哇的一聲，哭到打完副本還沒完。

這只是一個小插曲，後來有段時間完全沒有文殊的消息，也不曾有誰再遇到他。每天都會遇到很多人，發生很多事，即使曾經深深觸動過他們，還是很快就擺在一旁。

只是一個禮拜後，他們相約去打敖岸之山的夫諸副本。「敖岸之山」是一塊無主之地，換句話說，可以在這兒自由PK，不會有人管也不會有罪惡值[30]。

29：地圖砲，日本遊戲「超級機器人大戰」中的武器類型，可以進行大範圍攻擊，由於也會對攻擊範圍內的己方陣營造成傷害，後來被引申為不分敵我的強烈攻擊言論。

30：在遊戲中進行系統允許的惡意行為所獲得的數值，與榮譽值或道德值相對。罪惡值過高可能會獲得相應的遊戲懲罰，例如被通緝或無法進出某些區域。

但是在曼珠沙華，雖然沒有規範，但除了敵對國，即使在無主之地也很少有人PK。因為啥也得不到……雖然沒有罪惡值，但對方既不會掉裝備，更不會少經驗值掉等級，可以說毫無用處。

若是敵對國民還可能小小廝殺一下，賺點榮譽值，副本門口更是不成文的有著停火的默契。官方雖然不禁止，但是曼珠沙華開服已久了，自然會演化出一套裡規則。

諸國間敵友千變萬化，而組隊打副本卻不限敵友都能組在一起。不說自己隊伍殺來殺去耽誤時間會被盛怒隊長踢出隊伍，波及到無辜的旁人可能會衍生成大規模亂鬥，打整個晚上毫無意義的架，卻連副本門口都進不去。

後來只要有人互毆，就會被副本門口所有人鎖定秒殺。趁城門火還小的時候趕緊撲滅，省得殃及自己這條無辜的池魚。

久了大家就摸摸鼻子，副本門口盡量忍住動手的衝動，出了門口區再說。

當然，也跟人間差不多，總有些例外……像是某些超大公會或集團，人多勢眾到大家趕緊避難或閃人，空出來讓他們打個痛快。

但這樣的超大公會通常都會自矜身分，很少幹這種事情。

所以，當漱芳在他們的私有頻道聽到貳和月被擊殺在夫諸副本門口的消息，很驚愕了一下。

這還真是從來沒有碰過的事情。

「為什麼？」她百思不解。

「文殊那破老哥堵著我要人！」貳怒吼，「月，別拉我！我非衝回去把他們殺乾淨！」

「也不多。」么陰森森的咯咯笑了兩聲，「二十二個。」

「你也在那兒？」漱芳皺起眉。

「我離他們一里。」么氣定神閒，「最近讓我領悟到一個新藥方，鷹眼丹。本來以為是廢物……做幾個來玩玩，沒想到派上用場。」

「所以你一里外可以看到？」鍵問了，「那麼，有多少能夠戰鬥中復活？」

「呵呵。」么的口氣轉戲謔，卻是令人毛骨悚然的戲謔，「那個叫EU的小傻瓜，是『龍族』公會的會長。那麼種族主義的傢伙，會招攬巴蛇或神民麼？」

「龍族……哦，照人數來說，排名第四十三，但照歷屆的伺服器競賽與副本進度排行，名列第四。非常菁英化，只收龍與蛟類種族，其他種族進去還要考核面試……」鍵淡淡的一一報告資料。

在曼珠沙華有個有趣的現象，就是戰鬥中無法施展復活法術，必須等到脫離戰鬥後才能由補師系復活。但有兩個種族有額外的種族天賦，可以在戰鬥中進行復活。

一個是人數倒數第一的神民，第二個是人數倒數第二的巴蛇。

神民是人為的人口稀少……只有新手才會誤選，選了沒多久就會忍淚刪除乖乖另選別類重練。巴蛇是系統所致的人口稀少……但操作複雜，也只有真正的高手才玩得下去，而且通常脾氣怪誕冷淡，不怎麼跟人來往。

但系統卻只給這兩個吊車尾的族民特別的種族天賦，能有很虛的戰鬥中復活。法術冷卻時間長達一個小時（一個小時才能施展一次），還得浪費很多時間修煉到滿級才有90%的成功率。戰鬥中復活起來後，滿魔，但血只剩一百點。現在封頂者連法師的血量都是上萬，這樣就知道一百點的血真的不算什麼……隨便個法師敲個普攻[31]就會再死一次，遑論會死到人的副本或戰場。

所以即使有聽起來很威的「復甦」（戰鬥中復活），也沒因此讓神民的人口多上一絲半點。

曼珠沙華一個帳號只能創一個角色（漱芳他們例外），是不給人練分身的。誰也沒那麼大愛的為團隊辛辛苦苦的練神民，只為了這個虛到不行的廢技，更沒誰能把這廢技練滿。

但因為他們七個裡有很容易慌張的月，和更衝動的貳，所以都練滿了……漱芳就常笑他們不是打副本很行，是魯小怪很行……只要沒全滅，再怎麼暴動都有七個復甦待命。

別人可能會覺得是廢技，對他們「七即是一」來說，卻是如呼吸般的必要技能。

31：普通攻擊的簡稱，意指不使用任何技能招式，單純以空手或揮動武器傷害對方。

「二十二個，還行。」漱芳笑了笑，「玄，你和么商量著怎麼打，給你帶。自己人不是給人殺好玩的。」

「他還在密語[32]罵我！」貳很暴躁。

玄開口了，「怎麼難聽怎麼跟他對罵，叫他有種不要跑，這你行吧貳？組隊後先帶月去么那兒集合，等我們一起過去。」

ＥＵ和他趾高氣揚的夥伴們遭遇的就是這樣：御飛劍而來的七個神民「廢柴」，下飛劍的同時就先集中火力放倒了他們的一個法系，轉頭同樣處理了在法師旁邊的補師。

衝最前面的貳當然也付出代價……第一個躺下。但他們對付旁邊那個戴眼鏡的，卻被他突然架起來的大盾震得手發麻。原本躺在地上的貳跳起來的同時立刻被補滿血，紅著眼揮著斬馬刀大砍大殺，一面大喊，「腦漿腸子血！」

後面的四個藥師揚手，每個人身上都是七彩繽紛的毒粉和兩種消血的蠱毒。被一下殺矇的ＥＵ和他愉快的夥伴清醒過來，趕緊讓遠程法系和弓箭手集火後排補血的藥師……可惜他們選的對象實在不好，選了一個最喜歡體力勞動的參。

要知道，她是大宗師等級的戰甲師，而且是唯一智力半點也沒點，全點在體力上的超反常神民藥師。體現出來的就是皮粗血厚，和極強的防禦力，再加上她親手打造的神級裝備……居然扛下一輪瘋狂火力，馬上被其他夥伴補血補滿了。

等他們發現錯誤，要轉集火目標時……已經有幾個皮薄餡美的法系和補師躺下了。

好不容易打死了走位最差的月，又讓最凶的貳躺了一次……但他們所有的薄皮法系含補師都躺平了。但是那個走位非常淫蕩風騷，如鬼似魅的雙刀劍俠么先生，已經慢條斯理的東割割西劃劃，這彈彈那撒撒，很邪門的讓他們全體中劇毒，使原本已經拚命往下掉的血條又一洩千里後，撒了一顆藥丹，立刻四周霧茫茫，伸手不見五指……

32：密語為遊戲中提供的一種玩家溝通方式，只有對談的兩者可以知悉內容。為避免某些玩家使用這種方式對其他人進行騷擾，因此也可自行設定黑名單。

等煙霧散了，貳又生龍活虎的跳起來橫掃千軍，哭哭啼啼的月又開始補血了……

他們的人是越死越少，無主之地無處記復活點[33]，通常都復活在很遙遠的地方……但對方不管怎麼死，就還是七個，一個也不少。而且藥師和劍俠都會補血，只是血量多和少。

於是EU和他愉快的夥伴們飲恨滅團，滅得莫名其妙，只記得被魯小的很累很累。

曼珠沙華不是很鼓勵使用傳送陣，所以隨著等級提升，傳送陣的價格節節高升。

官方認為已經可以御劍飛行——雖然有撞山墜海的危機——又有海陸空多種座騎可供選擇，甚至還開放了大眾交通工具：比較慢的各式驛站，又有記點可快速飛回的爐石。曼珠沙華的基調還是著重在「第二種人生」，長途旅行也是人生的一部分。

所以傳送陣四通八達，但價格也是驚出人眼珠子的貴。

潄芳其實還滿贊成這種想法的，所以她去探望還在坐牢的夜沁時，還是會御飛劍而行。有時候心情好，也會騎馬享受一下如詩如畫的美麗景色。

但她從飛劍上被打下來以至於摔死，復活在中都時，她開始有點不愉快了。

ＥＵ那個小渾球居然這麼記恨，而他的公會成員白痴而盲從的執行這種愚蠢的「報仇」。

她密了ＥＵ，「你到底想幹嘛？」

ＥＵ很囂張的說，「把王正恭……我是說文殊交出來！不給個交代就殺得讓你們玩不下去！」

小屁孩。潄芳嗤之以鼻。被寵壞的小屁孩。

33：又叫重生點，玩家角色一旦死亡，除非受到技能復活可在死亡位置重新出現，否則就會出現在事先記錄的復活點位置，通常是在遊戲中的安全區域，因此可能會離死亡地點相當遙遠。

「我們不知道他在哪。」她有些譏諷的問，「你是他親哥哥，居然要找外人要人……大腦病變？我介紹醫生給你。」

ＥＵ默然一會兒，惱羞成怒的說，「那小混帳悄悄的離家出走了！趁我和爸媽不在家的時候偷偷把感應艙搬走！簡直是個小偷……」

強盜說人是小偷，真是天大的笑話。

「我聽說你們都在上大學？」漱芳淡淡的說，「我以為大學生應該脫離小屁孩的行列，沒想到會親眼看到一個中二病末期的小屁孩大學生。」

「……我在念碩士班了！」ＥＵ暴怒。

「我真替你的學校難過，也替其他所有念碩士的無辜孩子難過。一顆老鼠屎，壞了整鍋粥。」然後她把ＥＵ扔進黑名單，再也不用接到他的密語。

想了一會兒，她寫了兩封飛鴿傳書。一封給文殊，告訴他要小心他那中二老哥。另一封寫給夜沁，說最近會比較忙，反正他還兩個禮拜多就出獄了，暫時不去探監了。

然後把所有人聚集起來開了熟悉的內部會議。

對於善意，她是很沒有辦法。但對於惡意，還是觸動很深的惡意，她的脾氣也不像表面那麼好。

他們在曼珠沙華生活了一年多，除了她以外，其他人都已經有了很廣大的交際圈和人際網。而龍族會長EU886，也算個名人，還是個很高調的名人。要鎖定他並不難。

在眾多公會中，龍族很強，很高傲，很囂張。開公會戰幾乎沒有敗績，即使他們人數不算多。當然照ＥＵ那種不成熟的孩子王個性，一旦看不順眼，就會千方百計的讓人玩不下去，為了他黯然轉服的人可不少。

但也只能敢怒不敢言，誰讓拳頭大就是真理。

「的確，拳頭大就是真理。」漱芳淡淡的說，「我們幫他印證這個真理如何？」

這次全體一致投票通過。

於是ＥＵ莫名苦難的日子就來臨了。

常常有從天而降的刺客們接力大招將他瞬殺在任何無主之地或國境邊緣，然後火速撤退，光明正大的對著追兵一面下毒一面放風箏[34]，追得太緊而落單就會被集火反殺……有時候還是藥師揚起攻擊力高到不像話的長槍或匕首撿尾刀[35]。

好不容易堵住這些比兔子還會跑的神民刺客，卻比面對殭屍還欲哭無淚。明明人數比他們多，打到最後只有他們七個站著，敵人都化為白光，佷歸重生點。

偏偏那時候正在拚困難等級的相柳副本首殺[36]，很需要在夫諸、軨軨、長右三副本的毒冰抗裝[37]。而夫諸位居敖岸之山，軨軨在空桑，長右在長右之山，偏偏這三塊都是無主之地。

搞到最後毫無辦法，只好滿團在城裡集合，然後浩浩蕩蕩、場面很大的出發，把會長保護在最核心處。

問題是搞到這種地步，等待集合總是曠日費時，中都傳送陣四通八達，他們七個總是可以早一步抵達目的地並且埋伏，依舊是大招連接的斬殺隊長於敵陣中，然後花招百出的安然撤退。

EU大發脾氣，卻毫無辦法。他已經將毒抗堆到史無前例的高點，卻沒想到七個人能下的不只一種毒，總是突破他毒抗的最高點。而且劍俠雖然缺乏爆發力秒殺的大招，但是三個劍俠一心同體般接招，還是能夠造成不遜於任何高破壞力的秒殺大絕。

以前只有他把人殺得玩不下去，第一次感覺到被殺得玩不下去。

34：遊戲戰鬥方式的暱稱，通常應用於擁有過高攻擊力卻只能進行近身戰的對象，為避免自身重創，因此一邊遊走避免近身接觸，一邊以遠距攻擊削弱對方，因此行為與拉風箏奔跑相似而得名。

35：尾刀，意為打倒對方的最後一擊，由於有些遊戲的獎勵以發動最後一擊作為判定標準，因此衍生出只打最後一擊的撿便宜玩法，在玩家間屬於較不名譽的行為。經過廣泛引用後，此名稱有時模糊為最後一擊的意思。

36：副本首殺，即為遊戲中最先達成此副本內容完全攻略的榮譽，在較有知名度的遊戲中，甚至是擁有現實金主贊助的職業玩家團體競逐的目標。

37：抗性裝備的簡稱，遊戲中用來抵抗屬性攻擊（如火、冰、電、毒之類）的設定稱為抗性，針對某屬性的抗性越高，該屬性造成的傷害就越低，提升抗性的管道通常來自於遊戲中獲取的裝備或道具。

為了公會的副本進度，他心不甘情不願的龜縮在公會總舵，放棄帶領公會首殺，全伺服器公告隊長ＩＤ的榮譽。

可是實在太不甘願了。他就缺幾件裝備而已，難道就被七個神民廢柴堵住他揚名的機會？

他想質問那群廢柴的隊長，沒想到被拒絕密語，早入了人家的黑名單。

不是只有那群廢柴有人脈，他也是有人脈的！打聽清楚這群神民廢柴定居在中都，他立刻帶著心腹踏上貴死人的傳送陣傳往中都。

他怒氣勃發的衝進鐵匠鋪想翻桌……可惜翻不動。人家鐵匠鋪的工作桌是精鐵鑄的，不是他這麼一個蛟族聖殿勇士（狂戰士之類）能隨便翻的。

何況中都的ＮＰＣ鐵匠鋪老闆和夥計虎視眈眈、目光極為不善的瞪著他。

貳連眼睛都懶得瞄他，繼續打他的鐵。殺了這小屁孩太多次了，他開始覺得無聊。雖然衝動易怒，但他不真的是個二貨。他的志願的確是當個庖丁解牛的屠夫，但不是發瘋的殺人狂。

欺負弱小。這是欺負弱小啊。若不是這個很弱的小混蛋惹惱了他們，也不會把他殺得連城門都不敢出。他敢打賭，釘孤支這個小中二也打不過他。

而且隊長也要他低調克制點。他們的片子被拍得亂七八糟，轟動論壇驚動萬教了，天天有人上門單挑，他也很煩。

這些人閒著沒事幹，沒事他跟陌生人有啥好打？自己朋友切磋就算了，他幹嘛陪人家消磨時間？有那時間不如趕緊把月想要的圓月彎刀打好。

所以EU在鐵匠鋪跳腳的時候，他叮叮噹噹的打鐵，逼得EU扯緊喉嚨喊叫，結果是鐵匠鋪沒人理他，NPC師傅和夥計更打鐵打得震天響，蓋掉他的聲量。

參推了一大車鐵胚進來，稀奇道，「二貨，沒事來找虐？我不知道你是M，還有被虐的壞習慣。」

打鐵聲停了幾秒，隨之而來的是滿鐵匠鋪的爆笑。

EU氣得臉都青了，暴吼出來，「靠圍毆算什麼真漢子?!有種就出來釘孤支！」

「哎呀，我差點忘了，你這二貨也是台灣來的。」參感嘆，「這樣我會覺得很丟臉，不敢跟人說我是台灣人。順帶一提，我是女的，誰跟你真漢子？」

鐵匠鋪的笑聲更響，差點掀了屋頂。

參的心靈攻擊原來不是只有在自己人間爆炸，對外也是地圖砲等級的。貳狂笑之餘，對這個喜好體力勞動的自己人有了新的敬意。

總算EU的心腹不全是笨蛋，知道口舌上除了讓會長中風，絕對占不了上風，很客氣的想要找他們的隊長談，想想怎麼化干戈為玉帛。

「說得像是我們找事兒似的，這麼委屈。」參大剌剌的，「明明是你們先殺我們找碴兒，幹嘛說得好像自己是被害人？好啊，玉帛就玉帛，三尺白綾，你們自盡吧。」

這個地圖砲可怕啊。貳很感慨。原來參對自己人已經手下留情。

但點名了隊長，貳有很盲目的服從主義，他不敢不回報，在私有頻道一講，在屋頂晒太陽的漱芳睜開眼睛，「哦……那我去看看他們想說什麼好了。」

「釘孤支是吧？」么陰森森的笑，「好啊，我晚點到……準備一下應該用得到的藥丹。嗳，我把那瓶死不掉又痛得要命的毒藥塞哪……」

「我馬上到。」玄很乾脆。

結果人是來齊了，卻先津津有味的看參地圖砲對方可憐脆弱的幼小心靈，漱芳才開口，「喔，化玉帛是不怎麼可能，但老死不相往來還有得商量。說說看？」

月欽佩的遞上一杯茶給參，參這才意猶未盡的閉了嘴，咕嘟嘟的灌起茶來。

被氣得暴跳兼頭昏腦脹的EU甩了甩頭，想怒吼無奈已經嘶啞，「……釘孤支，一場勝。我贏了你們不准再找我碴！」

「這有賭跟沒賭一樣。」漱芳淡淡的，「你們又找不了我們的碴，我們虧了。」她不想答應，這傢伙看起來就是食言而肥的貨色，這個賭道根本沒有意義。而且神民劍俠和蛟族聖殿勇士？別鬧了，人家是專精殺戮的狂戰士，劍俠……就是硬一點兒的複合職[38]……樣樣通，樣樣鬆。藥師更不用提了，超級嫩豆腐，輕輕碰

38：遊戲內職業的分類稱呼之一，大別分為三類，承受傷害與吸引對手者稱為坦克，製造傷害以打倒對手的稱為攻擊手或砲手，負責治療己方傷勢的為補師或奶媽，只擁有其中一種特色的角色稱為專職，擁有兩種以上的為複合職。

就碎了。他們能狙殺EU是七人如一人的團結合作，不是因為個體武力高超。

但那三個男生開始擲骰決定誰出場釘孤支了。

「論說我是男生裡的老大，我先骰。」玄很愉快的宣布。

鍵深深的看了他一眼，「你……」

玄卻拚命眨眼，不等人說話就先擲骰……最高點數一百，他就擲了個滿點。其他男生啞然，這還有什麼好骰的？不用骰了，就算運氣好到爆炸，骰了個一百，還是照順位贏不了。

鍵皺眉低聲對玄說，「你一定動了什麼手腳。」

玄笑而不答，斯文的推了推眼鏡。向EU作了個「請」的手勢，「中都唯一能合法戰鬥的地方只有演武台，要釘就去那邊釘吧。」

漱芳看著和高頭大馬的EU相對下纖細嬌小的玄很擔心，換作是貳說不定她還比較放心些。玄是智囊，並不是長於格鬥那種。

玄擦了擦眼鏡，又斯文的戴上。「隊長，放心。我不作沒把握的事情。」然後點點么的背，兩個人竊竊私語的並肩同行，不知道在商量什麼。只覺得么原本就陰森的笑，越發詭異的讓人發寒。

這大概是演武台有史以來最讓人傻眼的戰鬥，程度僅次於驕大神用血脈天賦怒破演武台的驚世絕豔。

神民劍俠玄很大方的簽訂演武台規則：可無限制使用丹藥與輔助道具，也就是說，沒有任何限制，不死不休。

這場釘孤支釘了很久很久，雖然大喜的EU塞滿了整個手環的補血丹，但不管怎麼樣都沒辦法占到上風……一逮到人想發大招，結果人家咬碎噙在口中的疾行丹配合高超的輕功，就兔脫而去，反而往他撒迷惑或混亂的毒，爭取到補血時間，接著就滿場遊走的邀鬥和普攻，一劍劍的製造傷口磨血量，把回魔[39]時間掌控得異常精準。

39：遊戲設定使用技能需耗費的數值，因受西式遊戲風行之影響，一般稱為魔力、法力，東方遊戲中類似的設定為真氣或內力，上限通常隨等級上升，一旦損耗殆盡就不能再使用技能。這個數值可以使用道具恢復，或是隨時間自然恢復，後者的恢復比率，一般即稱為回魔。

只能說，小看生產至上的玩家會吃大苦頭……真的。他有堅實的後盾：大宗師等級武器師的貳和大宗師等級戰甲師的參，已經超越宗師水準的製藥師么。

更何況他還有顆精細準確的頭腦。

打架如打仗，打得不是力氣而已，還是打資源。拿把西瓜刀就想稱王稱霸……遇到穿防彈衣拿機關槍的特種部隊該如何是好？

而且知己知彼，百戰百勝。勝利女神只對準備充足的智慧者微笑。

耗光了對方所有的藥水和血脈天賦與大招，滿血滿魔的玄背手微笑，看著氣血兩虛的EU氣急敗壞。

「你不要以為……這樣你就能贏！」EU吼著，足下浮現召喚陣……出現一隻巨大的木馬流牛，幾乎要充滿廣大的演武台。

原本看得瞌睡的觀眾驚呼。這可是史詩級的機關術裝備，幾乎沒人作得出來……圖紙出現的機率太低了，材料又屬於坑人不償命的稀少和罕有。集整個國家之力說不定還搞不出這麼一台。

玄不太感興趣的看了一眼，眼鏡掠過一絲燦亮的殺氣。「我也有這張圖紙。」

ＥＵ坐在巨大的木馬流牛上，很零號機[40]的撲上來，急著把玄踩扁，根本沒注意他說什麼。

咬碎剩下所有的疾行丹，玄反手將劍歸入劍鞘，飛奔著迎向木馬流牛。錯身後，木馬流牛沒有踩到玄，玄卻也背對著不動。

搖晃了兩下，木馬流牛四肢發出令人牙酸的吱嘎聲，從關節處垮斷，摔砸成一堆廢鐵。

「就是有這種毛病，所以我才不想作這玩意兒。」玄淡淡的說。

「……這不科學！」從廢鐵堆裡爬出來的ＥＵ悲憤怒吼。

玄的眼鏡錚的一閃，笑得粲然，這才讓人注意到他有很雪白的小虎牙，他交錯雙手，指縫夾著一字起子、十字起子、扳手等等小巧工具。

「不，這是科學的勝利。」

40：日本動漫作品《新世紀福音戰士》中的大型戰鬥機器人，特徵是會非常不像機器人的抓狂與暴走。

靠著疊加到三倍速的疾行丹效果，這個斯文的機關術大師劍俠，錯身時飛快的支解破壞了木馬流牛的部分關節，牽一髮而動全身的破壞了EU手上最後的王牌。

所以說，這個時代，不只是知識才是力量，資訊更是力量中的力量。身為一個機關術大師，在龍族和他們開始起衝突的最初，就開始注意龍族的動向，發現負責採買的單位正在收購幾樣非常稀有罕見，但幾乎沒什麼用處的機關術物資。

稍微歸納一下，就知道他們打算作啥。自己人打副本沒有膩不膩的問題，只問有沒有圖紙和材料，所以他很早就有了木馬流牛的圖紙，所有優缺點都研究過了。

所以他才會那麼篤定的說，「這是科學的勝利」。

最後為了表示對於完成這樣史詩級機關術傑作的敬意，用機關術特有的技能：工具投擲，將所有手裡的一字起子、十字起子、扳手等等工具擲向EU，要害攻擊三倍傷害，擊殺了血量很低的EU，贏得這場非常科學的勝利。

曼珠沙華的演武台不但可以到場當觀眾，也有錄影可供調出來觀賞，官網甚至會存檔播放。結果這場接近不可能的對決在官方論壇引起大暴動，不但連地獄之歌和涅盤狂殺的玩家都過來取經，影片底下的留言成千上萬，還因為閱覽人數過多而爆炸兩次。

當然，客服再次的疲於奔命，因為龍族覺得太丟臉，接到了無數檢舉外掛的電話。

GM有苦說不出。心底嘀咕，有問題啊，當然有問題。一個人的帳號有七個人物上線怎麼會沒有問題……但系統大神說「沒有問題」，人家醫君還掛保證……連他們頭兒都把脖子一縮，跟著說「沒有問題」……他個小小GM敢說啥？

但現在暴動成這樣怎麼辦？整個GM室都陷入束手無策、愁雲慘霧的狀態。

令人意外的是，向來低調沉默到接近啞巴的七人眾，首次公開在論壇現身說法，將整個戰鬥分析得井井有條，一點保留也沒有的公開了所有看起來很神祕，事實上卻非常科學的撇步。

論壇的暴動因此平息了，所有關於外掛的流言也啞口無言的消失。但是引發了一股「魯小派」的新決鬥風格，讓原本在釘孤支或團戰時處於弱勢的複合職和補師看到一片新天地，被忽視的生產技能再次被重視起來，么和鍵莫名其妙的賺了一大筆錢……么的疾行丹和鍵的加跑速鞋賣了個預定到下個月去的盛況。

這筆橫財來得莫名其妙，但也讓他們很開心。他們之前都把所有的金錢填到生產這個不見底的大坑，雖說衣食（食物丹藥裝備武器）不缺，但想要有餘錢那是不可能的事情。雖然很垂涎廣大得可以塞下所有材料的公會倉庫，減輕人人暴倉的壓力，卻絕對沒有那個財力可以成立公會。

天外飛來一筆橫財，他們終於可以擁有公會倉庫了。

所以，他們在中都最偏僻的角落買下一棟很小的三層樓當總舵，擺脫了長期租賃客棧的生活，正式擁有自己的「家」。

花光了所有的現金，會名甚至在中國風的曼珠沙華看起來很衝突……

「**SEVEN**」。

朋友來作客，往往很愛問ELEVEN在哪，還有人建議他們乾脆改成「全家」或「萊爾富」。

他們總是笑而不答，也婉拒任何人加入他們的小公會。

只有他們自己人才知道這個名字的意義，和絕對密不可分的關係。若不是「柒」這個公會名實在太短，系統不肯接受，他們也不會取個英文名字。

不管是哪一國的語言，這只會是他們唯一的名字。裡面包含了太多太複雜的過往和感情，別人是不會了解的。

＊　　＊　　＊

夜沁很高調很風華絕代的出獄，卻很快的震驚：他居然錯過了好一場熱鬧，讓那個死妹控大出風頭。

於是打扮得很殺生丸也很高貴冷淡的九尾狐侯君，背對著漱芳蹲屋角畫圈圈發鬼火，「……這麼大的事情妳連說都不跟我說一聲，還拚命稱讚那個死妹控……」

「玄比我小啦。」漱芳忍笑。

「這是心態問題，跟誰先覺醒自我沒有關係！」夜沁非常沉痛的指出。

……男人，永遠不會抓重點。玄是護著隊長，不像貳和月那般。

「那時你還在坐牢呢。告訴你做啥？讓你在侯府裡團團轉？」漱芳躺在樓頂的琉璃瓦上閉著眼睛晒太陽。

其實還有其他更方便更好的選擇，但是她喜歡這棟小樓的屋頂，和半遮著屋頂的高大桃樹，花盈滿枝，漂蕩著花瓣與花香。

但夜沁不喜歡。他使狂風把半埋著漱芳的花瓣刮了個乾淨，跟她講話不時拂開飄到她臉上的花瓣。

他討厭這種跟葬禮太接近的聯想。

雖然漱芳再三保證她的健康已經有了起色，衰退的狀況的確緩和……但他還是很悲觀的，不相信人間粗糙得要命的醫學，更遑論這種接近天方夜譚的「藥方」。

漱芳也不想跟他爭辯，只說，「人類的醫學可能進步得不夠快——和其他科技比較起來。但人類擁有比知識更強烈的潛意識。」

若不是這種偶發的異想天開，並且付諸實行，人類的科技可能還在原地踏步。劉大夫不這麼天外飛來一筆，她恐怕連一點希望都看不到。

但她沒再提這個話題，轉去講這段追殺與反追殺，夜沁聽得津津有味，非常遺憾沒能參與其中。

「侯君，」漱芳啼笑皆非，「你是……嗯，目前暫且擔任NPC的九尾狐侯君，怎麼能摻和到裡頭去跟人打打殺殺？」

「什麼NPC？沒有禮貌！」夜沁發怒，神情有些古怪的支支吾吾，「若是有批准的話……也不是絕對不行。」

「要誰批准？系……」漱芳詫異的問，卻沒讓她問完，夜沁已經吻了她，堵住了她的問題。

這個「偉大存在」大約從來沒有接過吻。漱芳默默的想。只是把唇貼在她唇上，夜沁的臉已經燙得要著火了。

她試圖教學一下……發現沒辦法教得太仔細。因為夜沁不但每根尾巴都炸毛，全身看得到的肌膚都紅了，恐怕有融化之虞。

「女、女人！不要太囂張！」這位可憐的侯君很虛張聲勢的將雙手撐在漱芳的頭側，卻隱隱有點發抖。

……男人。就算再怎麼偉大的存在，一旦純情起來，還是紙老虎一隻，什麼種族都不例外。

所以她很寬大的放過了這個每根尾巴都炸毛得很徹底的侯君，沒問下去。

但很快的，這個她沒問出口的問題，還是被迫得到答案了。

那天，她照舊的躺在屋頂晒太陽，享受著靜謐與安詳，心不在焉的聽著世界頻道種種愛恨情仇。

她懶得把世界頻道化成文字擺在虛空中觀看，而是當作收音機一樣聽著。

然後聽到悅耳的系統公告。

系統的聲音很柔和美麗，不像男人也不像女人。像是唱聲樂還沒變聲期的青少年歌者，以前她很愛聽，但這次把她炸得彈了起來。

系統公告：公會龍族向公會SEVEN宣戰，四十八小時後開戰。

但其他人還沒趕回來的時候，一隻九尾狐「玩家」和神民「玩家」降落到屋頂，笑咪咪的向她提出入會申請。

看著化身為玩家的夜沁和陌桑國主，她覺得有點兒頭暈。

頭暈的漱芳想辦法勸退他們倆。他們是知道些什麼的人，並不想因為這種小孩子玩意兒，害這兩個國主級的「偉大存在」因此坐牢或其他更嚴重的懲罰。

陌桑國主溫和的舉起手，莫名的威壓讓夜沁和漱芳都閉上了嘴。他依舊俊秀纖雅，淡然自若的說，「自然是申請過關了……不然也不能來幫你們。系統並不如你們想像那麼不近人情……只要有合情合理的理由，就能申請並且通過。」

他微微一笑，從纖秀中透出威嚴，「系統的最高原則是『平衡』。而目前我們倆就是一般的滿級玩家，唯一的優待就是我們可以自由選擇血脈天賦。」

看漱芳和趕來的其他人滿頭霧水，他笑得更深些，唯一的耳環藹藹閃著微光，「我的申請理由是保護不多的子民。九尾侯的申請理由是支援人數嚴重不足的神民。系統基本上不希望妖界三十一國，哪一國是虛設的。若是被人為逼退，就違反『平衡』的原則。」

深思了一會兒，玄推了推眼鏡，「隊長，收了吧。兩位國君……感謝支援。但能不能告訴我你們的血脈天賦和其他詳細個人技能與資料？我們先制定下戰術？」

漱芳啞然了一會兒，實在她想不出來，多這麼兩個「玩家」對戰局有什麼影響……原本她是想乾脆的棄戰，認賠了事，不上場給人虐。

但他們之間很民主，除了她以外，連冷靜的鍵都很激情投下戰票，她也無可奈何的收了兩位國主進入他們SEVEN。

曼珠沙華的公會戰不同於同遊戲群的地獄之歌或涅盤狂殺。這個傾注了始企劃者綠方最多心力的全息遊戲，可說是完全呈現她所希望的烏托邦。恢弘壯闊，自由卻充滿秩序的妖界三十一國，國與國的邦交都是由全體國民投票決定敵友狀態，除非出現魅力十足能一呼百諾的領袖，否則很難強力統合主張，對他國從中立、冷淡、敵視到敵對[41]足以作戰的地步。

只有遊戲最初還有人能用銀彈攻擊先強力登上國主之位，然後經過嚴苛困難又漫長（並且很昂貴）的任務，才能夠強行開戰。但隨著遊戲人口幾年來不降反而暴漲到一個可怕的地步，已經沒人有那麼大的財力和毅力做到這一點了。

這點也呈現在公會戰上。雖然形式上也跟其他遊戲群差不多，都是被抓到同張地圖，如同戰場副本般各有各的主城和相同的規則：都是把對方的主廳清空，破壞靈魂熔爐，固守到時間到，那就贏了。公會戰的時間是十二小時。

比較不一樣的是，若是在公會戰中陣亡，地獄之歌和涅盤狂殺有靈魂熔爐可以復活，繼續纏鬥，但是曼珠沙華公會戰，一旦陣亡就被傳出戰場，失去繼續參與的資格。

但不同於地獄之歌割地賠款的征服之戰，和涅盤狂殺殘酷的屠城之戰（戰敗公會成員不論參與不參與，都會在下次上線後經歷一次死亡，公會等級與會員等級全部倒退一級）。

曼珠沙華的公會戰是解決公會間的摩擦，而公會並沒有領地，所以沒有割地問題。開戰方必須繳交一定數目的開戰金，戰勝的話可以全數退回，並且由戰敗方付出同開戰金的賠償，相反的，若是非開戰方獲勝，可以得到雙倍的開戰金，開戰方也會因此必須付出賠償的代價，並且公會等級倒退一級。

41：此處是指遊戲中設定有關係值或聲望值的交際系統，用來表現玩家與NPC間的互動狀態。聲望值的增減可經由任務等方式改變。交際系統也可表現在國家關係上，此處說明表示國家之間必須達到敵對才能開戰。

所以公會戰的主城是完全相同的虛擬主城，而且嚴格規定進入公會戰的只能選出最多一百名參與公會戰。這是避免大型公會以人海戰術壓迫人數偏少的小型公會，趁機賺取公會資金的手段。

事實上，這的確相當程度的保護了小型公會，但並沒有保護到他們這個超級迷你的小公會……只有七個人。

其實拒戰也可以，會被視為不戰敗，賠償給系統同額開戰金就行了，還可以不被虐。

想也知道，龍族一定會選出最菁英的戰鬥專家，並且毒抗齊全……跟以前的奇襲不同，不能攻其不備，就算全守不攻，就算是七即是一的他們，也沒辦法守住大廳，只是被虐的份……多加上兩個「玩家」也沒好到哪去。

但是她發現自己大錯特錯。系統維護平衡的決心很堅定，不然不會特許這兩個國主級的「玩家」參戰。

的確，照EU那種幼稚的孩子王個性，若是他們選擇拒戰，一定會一次又一次的發起公會戰，直到SEVEN破產，公會資金歸零後，扣款就會平均分攤在會員身上，所有遊戲所得都會公平的歸到系統，讓他們所有人都處於赤貧狀態，逼他們玩不下去。

若是正面迎戰，相同公會在一年內是不能再開戰的。

而且玄和么的確是戰術上的天才，只是一正一奇罷了。聽他們會報分析……似乎也不是全無勝算。

於是SEVEN和全伺服器排行第四的龍族公會正式開戰。原本以為結果毫無懸念的玩家們再次跌破了滿地的眼鏡，公會戰影片又讓官網因為人數太多而癱瘓了好幾次。

會長連祕密武器都掏出來，還被擊殺在演武台上，飽受嘲笑，自尊心極高的龍族公會上下都無法接受。但是這幾個可惡的神民廢柴幾乎都宅在安全區的中都，神出鬼沒，想合法合理的狙擊都辦不到。

好死不死，這幾個神民廢柴居然成立公會，人數還是封閉保守的七人……真讓人大喜過望。所以會長提議要發起公會戰，幾乎是全體投票通過了。並且嚴選了熱愛打戰場、百戰百勝的老兵上場，發誓要把面子討回來。

原本只是一件小到不能再小的事情，結果演變到開公會戰的程度……只能說年輕人就是年輕人，物以類聚，種以群分。這些同樣腦袋發熱意氣風發的遊戲菁英分子，很高興有讓他們的技巧和熱血發揮的場合。

他們很輕視的留下十個人看家，其他九十人浩浩蕩蕩的開往敵方陣地，被留下的還抱怨根本不用留人。

路上的確有粗糙的陷阱、毒藥，但在他們這些玩戰場玩到專精的專家眼裡，簡直不值得一提，輕易的拆除，勢若破竹直到對方主城門口……前半里，就莫名其妙的死了兩個人，恨歸重生點，脫離公會戰了。

五百公尺外，遠遠的可以看到一個纖雅的神民悠閒的背手而立，距離門半徑五百公尺內怒放著紅得近乎黑的豔麗花朵，見花不見葉。

美得淒豔靜謐，但是踩進去就是死，還是整個融化得連渣都不剩，死都不知道是怎麼死的。

整隊譁然，死命的密GM，抗議這不是外掛，就一定是BUG。GM的回答有種絕望的平靜，「請查閱個人日誌，神民血脈天賦篇。」

好不容易查到，眾人都靜默了下來。原來這是傳說中的神民天賦之一：災藍。開服這麼久，據說非常稀有，稀有的幾乎等於不會出現……只有一個神民藥師擁有過這個血脈天賦，並且在世界任務的冥道入侵中大顯神威……但那已經是很久以前的事情了。那時拍片的風氣還沒這麼盛，這段影片一直沒有釋出，只有在場的玩家文字敘述過。

結果九十條好漢，讓一個纖雅的神民逼在門口外半里動彈不得。帶隊的EU恨得幾乎想撲過去把那神民廢柴砍成碎片……很可惜有兩個人示範了災藍天威的嚴酷和不可侵犯，他也沒膽子撲進去。

「……等！」他咬牙切齒的說，「我就不信這個血脈天賦可以撐多久！」

於是他們耐性的在外面等待災藍盛開的災難之花消失……直到己方城門已破的系統公告才讓他們大驚的派了三十個人回防。

結果這三十個人如泥牛入海，也被殺出公會戰了。主城告急，大廳即將淪陷，逼得EU不得不帶著剩下的五十七個勇士回防，等不到災藍效果消失了。

臉上蜿蜒著彼岸花黥面的陌桑國主淡淡的笑了笑。好些個聰明孩子。一聽到他的血脈天賦是災藍，就知道怎麼防守進攻，功課做得極足……明明災藍的血脈天賦在開服已久的曼珠沙華只出現過一個，並且只使用了唯一的一次。

大膽而縝密。難怪衍會那麼喜歡他們……不獨獨只喜歡他愛的那一個。連他都開始喜歡他們了……不知道歷劫後能不能拐帶回去？只怕衍會跟他拚命。

不過他打得過衍，這倒是不用擔心。有了這些侍臣，他可輕鬆得太多了。

要怎樣才能讓他們心甘情願跟他簽訂死後的契約呢？這可得好好想想。

能讓「偉大存在」的陌桑國主青眼有加，自然是這群SEVEN的縝密戰術和情搜能力高強，又能在看似最平淡無奇的隊長漱芳手底下徹底整合、徹底執行的緣故。

進入曼珠沙華一年多，他們早就用各式各樣的方式克服了路痴這個幾乎等於無解的障礙。像是鍵乾脆的把整本詳盡地圖集背下來，玄靠指南針默計距離，漱芳牢記各大標為方向並乾脆的擴大「感受」……總之，不管是用什麼方法，已經克服了這個嚴重的障礙。

在戰前已經把地圖都背得滾瓜爛熟，而且看過幾部打公會戰的影片了，么更把所有公會戰攻略消化吸收。

作為一個超越宗師等級的製藥師劍俠，他善用古怪丹藥的手段已臻化境，更是以身試藥到徹底完熟（所以常常在私有頻道聽到他慘叫一聲突然死亡，然後若無其事的從重生點跑出來……非常富有神農氏的精神），所以他擔任起前鋒探查的任務，神出鬼沒的探查和佈下粗糙的陷阱（由玄所製作）與毒藥，並且運用加強版的鷹眼丹，遠遠的偵查敵方的動向。

因為災藍的血脈天賦雖然非常強悍，卻有個重大的缺陷——漫長的發動期。從詠唱後到效果發動，長達十五分鐘，這還是天賦全點滿的狀態下。延續的時間約一個鐘頭。

玄精準的計算過，需要多少陷阱和毒藥能夠延緩敵方的行動，讓他們耗掉十五分鐘才能來到主城之前，么的任務就是在敵方一出城門就在公會頻道告知陌桑國主，好讓國主大人能夠及時詠唱，將災藍發動得剛剛好，堵住大批的敵方，發揮到災藍的最大效果和期限。

根據漱芳的側寫和歸納，龍族擁有高傲的公會性格，絕對不會留下太多人看著主城。而以他們接近無堅不摧的輝煌經歷，就算主城門被攻打，留守的人也不會求救，只會摩拳擦掌等他們打破城門，系統公告後，迅速解決他們，才有機會打一波，還可以跟攻城的夥伴耀武揚威一下。

其實他們計算的很好，只是沒有想到會有重大「變因」，而且還是兩個。

所以SEVEN在火速拆城門的時候，防守的龍族眾不但沒有回報戰情，反而有人埋怨他們拆得太慢，恨不得幫他們拆。雖然軍令如山，他們不能衝出去殲滅那幾個神民廢柴，但人都打進大門了，總不能說不可反抗，「一個不小心」的全滅吧？

他們點了人頭，似乎多了一個。但沒有人放在心上。大概是哪個兩肋插刀的笨蛋腦袋一熱，跑來加公會送死。還有人笑著說，等等就真的把那不知道是哪族的傻蛋抓來，幫他兩肋插幾把刀，盡盡義氣。

就一個僅有八個人的小隊來說，他們拆門的速度已經算很快了……畢竟別人拆門都是暴力強拆，他們當中卻有個機關術大師。單論攻城，玄手上有扳手，拆門誰也快不過他，遠勝十幾台的攻城大砲。

拆掉大門僅僅用了二十分鐘，但對留守的龍族眾卻像是一世紀那麼久，他們的武器都饑渴難耐了。

所以他們氣勢沖天的衝向剛打破門的SEVEN，在最前列的就是那個兩肋插刀的笨蛋。

但那個妖豔揉合著莊嚴的麗人玉立著，竄出狐耳和九條狐尾，朝他們微微一笑，所有的人立刻覺得一陣頭暈，站在原地痴迷的看著這個九尾狐，心底只有一片空白。

這就是夜沁選擇的九尾狐血脈天賦：一笑傾國。

這當然也是屬於稀少得接近不可能出現的血脈天賦，因為實在強悍得過頭了。這招是瞬發，能夠同時魅惑十人，痴迷狀態三十秒，無法淨化，不能消除，傷害甚至是死亡都不能夠脫離痴迷狀態，除非三十秒過了。

可能有人會覺得三十秒很短，但事實上，三十秒真的可以發生許多事情，尤其是在瞬息萬變的戰鬥中。

比方說，在所有神民劍俠藥師都拿著超高攻武器[42]，連藥師捅人都能掉一大格血，非常乾淨俐落的在三十秒內解決了三個法系和補師。比方說，美麗的九尾狐揚著九條蓬鬆的狐尾，帶著魅惑的笑，豎起的兩掌中間湧起淡青色的狐火翻滾，將他的臉照映得既美麗又恐怖……然後擲出狐火的時候。

這招叫做「狐火燎原」，威力應該很大，但是玩得好的人很少。因為狐火燎原的起始傷害並不高，但是燒到第一個人角度對的話彈到第二個人就會傷害翻倍，若不幸彈到第三個人傷害會再次翻倍……引爆的時候傷害真的可以突破天際。

只是這需要非常精確的投射角度，才能引起乒乓反應，這真不是普通人玩得起來的。

但他誰？他是渾沌者中的學者，能打進妖界三十一國的一國之主。並不是他武力卓越超群，而是對自己的法術理解極深，並且能發揮到最佳化。

這種小孩子把戲對他來說真是小菜一碟，比呼吸還簡單。

只是受限於裝備，四十八小時真的緊急生不出高魔攻[43]的武器，所以還有生還者，讓他感到非常遺憾。

但只剩下血皮的四個血牛[44]，卻震驚得連話都說不出來，只能果斷用各種逃生技能逃入主城大廳，閉門不出，開始商量該如何應變。

只是這時SEVEN果斷撤退，因為陌桑國主在公會頻道淡淡的說，「看到系統公告，約三十個人往你們那邊去了。」

「了解。」漱芳回答，打了個手勢，么打頭陣飛馳而去，開始偵查跟蹤，其他人離他半里後跟著，照他的回報準備奇襲。

只能說龍族忘了，猛虎搏兔必盡全力，這真的是最大敗因。

所以當狐火宛如流星在法系與補師間飛躍閃爍，最後果斷引爆時，傷害已經不是突破天際，而是破碎虛空的融化了大半個薄皮餡美的法系團。將隊伍拉得很長，卻不注重偵查的龍族嚐到了苦果：他們白穿了毒抗裝……因為這些神民劍俠藥師根

42：意指攻擊力數值極高的武器。
43：魔法攻擊力的簡稱，指以攻擊法術造成的傷害，相對於物理攻擊力。
44：將大部分屬性投資在生命值的角色暱稱，通常是坦克類型職業。

本就棄毒從武，改用武器捅人了。不說貳揮著巨大的斬馬刀收割只剩血皮的殘存法系，連月都拔出小巧的匕首哭哭啼啼的掛了正在唱法[45]的法師。

等龍族高傷害的高手趕來，他們又跑得比兔子還快，果斷撤退，隱入草叢荒原中，一下子就不見了。

明明都是加跑速鞋，同樣都吃加速丹，為什麼他們就是可以跑得比他們還快？有幾個能衝鋒或黏上敵人的衝上去，又暈又砍的卻砍不死……連藥師都穿防裝[46]，這搞什麼鬼?!反而被逮到機會一陣圍毆（圍捅？）被弄死，**SEVEN**火速逃出包圍網。

一次奇襲就把龍族眾搞了個半殘，第二次更是搞成重殘……反覆幾次，在城門之前，這三十個人全軍覆沒，全都恨歸重生點了。

陌桑國主在公會頻道回報龍族已經全數撤退時，他們正在攻打主城大廳，災藍發動後的效果還有五分鐘。

「知道了。」夜沁正高興的幫著拆門，「你休息一下，剩下的我們來就好了。」

「好像很愉快啊，衍。」陌桑國主笑了一聲。

「虐菜當然很愉快，尤其是隊友讚的時候。下回有機會，換小陌你來跟著虐菜。」

「賣點力，嘻皮笑臉。」玄推了推眼鏡，垂下眼簾思考主城大廳最可能的突破點。

「別逼我殺掉你，死妹控！」夜沁變臉了。

正一觸即發，幾乎要內鬥的時候……漱芳淡淡的說，「認真點，打仗呢。」

這兩個立刻順了毛，乖乖的破門，其他人拚命憋著，只有陌桑國主敢笑出來。

他悄悄密了夜沁，「原來那個小人兒也是你的『系統大神』？系統警告，嗯？」

夜沁很悶，非常悶。他沒好氣的回密，「偉大的秩序者，能不能麻煩你閉上尊

45：詠唱法術的簡稱，意指施展法術所需的時間，一般遊戲會設定傷害越高的法術需要越長的施法時間，以免讓法系職業過於強大。

46：提供高防禦力數值的裝備。

貴的嘴？我現在很忙。」

陌桑國主回了他一串悅耳的笑，讓他的煩悶更飆高到一個臨界點，不得不找出口……所以破門後他一個也沒留，心情很壞的在門口就把四個已經回滿血的血牛大招連發的爆回重生點，連點渣都沒給人撿，心情才好了那麼一點點。

ＥＵ也不是真的沒腦子……沒腦子怎麼可能統合起這麼大的菁英公會？他率領剩下的五十七名好漢回返主城途中，一面聆聽被殺出去的會員彙報，並沒有發脾氣。

他在人格上讓漱芳的側寫拿捏得極為準確：被寵壞的幼稚孩子王。但不能不提他也應對機靈，智商極高。不然光憑著長得好嘴甜哪能因此獲得父母師長朋友夥伴的歡心與信賴，能夠趾高氣揚的欺負看不順眼的人包括自己的親弟弟……長輩幾乎都偏向他，頂多笑罵他一聲「太頑皮」？

所以他冷靜下來，安慰了被殺出公會戰的倒楣鬼，歸納分析的商量出應對方案，並且準備前去復仇雪恨。

這一次，他很沉得住氣。在人數上明明狠壓對方的三十人前鋒小隊，事實上就是被打游擊耗光的。所以這次他嚴密的偵查、謹慎前進，甚至主城大廳被破，靈魂熔爐已毀，也沒讓他加快一點兒行軍速度。

如果不想被奇襲而反覆戰損，唯有謹慎謹慎再謹慎，不能在同樣的地方摔跤。他被這群神民廢柴暗殺多次，最明白他們在奇襲上的天賦和緊密得幾乎不可能的默契。

一路風平浪靜，但EU還是無動於衷。維持著「其盾如牆」的隊形，將脆弱的法系和補師緊緊的保護在隊伍中間。在公會戰時不能使用座騎和御劍飛行。那些神民廢柴以為能像在無主之地那樣從天而降的執行斬首行動就太不可能的可笑了。

不過那個九尾狐有點棘手……所以EU一開始鎖定的目標就是那隻九尾狐。畢竟他們都穿毒抗而非魔抗，聽起來又像是九尾狐的高手。但也不能說穿錯裝備……最少能有效嚇阻神民廢柴最惹人痛恨的毒。從他們奇襲使用刀劍普攻不再使用毒藥就能知道此舉是奏效了。

讓他意外的是，SEVEN堵在主城已破的大門口，而不是堅守應該守住的主城大聽。

兩軍對峙，人數異常懸殊。SEVEN看起來很單薄，而且可憐。相對於如牆的堅實龍族前線，他們只有孤零零的四張盾牌：玄，不意外。但么難得願意放下他歹毒的雙刀，貳更少見的沒扛巨大的斬馬刀。連身為藥師的參，都興致勃勃的拿起她其實不適合也不擅長的盾。

EU先是驚訝了一下，然後冷笑。怎麼？想正面對決？這不是螳臂擋車嗎？

但他不管他心態是不是輕蔑，還是慎重的採取了最穩妥的方法：推進如城牆，慢慢的、慢慢的藉由核心的遠程法系和攻擊手，設法鎖定在後排的九尾狐，擊垮了他們唯一一個攻擊手，就能輾壓過這幾個不知死活、不斷污辱他的神民廢柴。

的確遭到一點零星的抵抗……後排的藥師擲出了機關術的製品「霹靂火」，在盾牌間引起零零星星的幾簇燦爛，炸傷了幾個人……但也只是輕傷。EU的笑容漸漸擴大，滲入殘忍。

這一波交鋒只有十秒……應該說，接近兩軍交鋒前只有十秒。隱藏在霹靂火和對方術法光芒下的淡青狐火，早就已經無聲的跳躍彈騰過前半個龍族隊伍，抵達核心的弓箭手、法系與補師團……

夜沁合掌引爆，在龍族隊伍的核心，湧出一朵燦爛高聳的蕈狀雲。在引爆處核心的六個法系和補師，當場人間蒸發了，重傷和只剩下血皮的更是不計其數。

實在不能怪龍族會慌亂起來，他們畢竟只是些推副本和打戰場的小屁孩，並不是真正的軍人。而且他們很清楚九尾狐這招「狐火燎原」……的確很厲害，但頂多吧，彈跳過五、六個人，不一定炸得死。

因為這招很吃技術，狐火若是落地就完了，再也不能引爆，連個普通傷害都不如。能造成這樣燦爛輝煌的蕈狀雲……這該是彈跳多少人啊？死多少人倒不是很重要，而是視覺效果和巨響真把他們嚇壞了。

於是被SEVEN沉著的棄盾執武，像把銳利的錐子撕開慌亂隊伍，嫻熟的廢了半個法系團，也不是太奇怪的事情。

至於EU麼，他也不太好受。他正怒喝著想讓隊伍鎮靜下來，卻挨了玄的兩把螺絲起子和一個扳手，幾乎是同時的被夜沁下了個「禁言」，十秒內發不出聲音。

像是來時那麼迅速，撤退也是那樣果決。SEVEN沒有戀戰，火速撤離漸漸鎮定下來的龍族隊伍，衝入內城，拐幾個彎，又不見了。

然後龍族再也不敢站得太近……這狐火燎原的天威不可侵犯啊！誰都知道該怎麼躲避狐火燎原……站遠點些，讓狐火落地就沒事了。但站得太遠，就會被一波奇襲，莫名其妙又有幾個人被「請」出戰場，死都不知道是怎麼死的。

這個時候他們就開始詛咒，這個主城設計得太變態，有那麼多毫無用處的建築物和街道，搞得不時巷戰……一次巷戰就要死幾個人，對方還是完完整整的八個人，一個也沒少。

每個轉角都藏著危險，誰也不知道死神是否潛藏在另一頭。到現在他們還是不明白，為什麼這八個死神（已經沒人敢喊他們廢柴了）會對他們的行蹤瞭如指掌，總是在最薄弱處突襲並且絕難生還。

而且還特意狙擊擁有遠偵技能的人，讓龍族團完全陷入盲目狀態。

就在這種魯小又凌遲的巷戰中，龍族一個個的消耗掉。每次巷戰不一定全滅，但補師和有遠偵技能的一定得死。追又比不上人家的跑速，留也留不下來……人家神民藥師劍俠不能撒毒了，還是可以解各種負面狀態、補血。追得太緊，隊友的腿又沒比他長，往往只是被反打一波，魂歸離恨天。

最終龍族沒半個摸到自己的主城大廳，在消耗得僅剩無幾才醒悟，試圖離城去攻打SEVEN只有一人留守的主城……最少拚個和局，不要輸得太難看。

時間過去那麼久了，災藍的天賦再威也威不了這麼長的時間。

但他們的希望破滅了。

在踏過已毀城門的時候，玄珍藏已久的最大殺著在那兒等著：機關術的終極結晶，和木馬流牛並稱的兩大夢幻逸品之一，「火牛陣」。

倒不是在牛的尾巴點火，火牛陣講白了就是連環地雷區，只是包裝了玄幻的殼兒，死在陣內的人會短短的幻化為火牛朝天悲憤的咆哮才恨歸重生點。

EU倒是幸運的倖存者，剛好被炸出陣外，卻很不幸運的踩到玄佈在陣外的捕獸夾……原本只是防範有血太多的傢伙逃跑去麻煩到陌桑國主，定身才是主要效果，傷害其實很低。

但是EU讓這個傷害很低的捕獸夾給秒了——他殘存的血量實在太少。

龍族公會戰，滅團。

等時間到了，系統公告SEVEN戰勝，整個世界頻道都爆炸了。

因為有過一次經驗了，這次他們自己人倒是很淡定。

打完以後開了次內部會議，只是多了兩個國主級的嘉賓，大家套好話以後，才各自解散，讓玄專心寫戰記。

於是論壇暴動兩個鐘頭後，署名為「SEVEN 玄」的公會戰記，已經平靜的發上去，鉅細靡遺的說明了這次公會戰的部署和戰略，甚至連龍族公會的公會性格側寫都如實報導，什麼都沒有保留。

只是基於某種苦衷，他不能把兩位國主賣了，只含糊的說，是有兩個很少上線的「前輩」剛好碰到了，就來他們公會「玩玩」。

底下回文一片驚嘆佩服……這根本就不是玩遊戲，而是真正嚴苛、以寡擊眾的戰爭啊！情搜和戰前布置緊密到這種地步……稍微有點腦子的會長或玩家國主立馬把落落長的文章拷貝下來反覆研究。

當然也不乏那種自以為「眾人皆醉我獨醒」的酸民，反正也看不出真正的門道，大放厥辭的說，「沒什麼，只是強者我朋友。」、「要我也有這麼強悍的血脈天賦的話，我一個人就殺翻全世界……」之類的。

玄倒是都平靜的看，無視那些小屁孩的酸言酸語。若有些真的誠懇請教的，能答的就盡量回答。只有九尾狐玩家很謙卑的請教「狐火燎原」要怎麼發揮最大效益……

他為難了。

不是沒有想過有人會問這問題。他寫戰記主要目的就是要和玩家們和睦相處，不要一戰成名之後一堆人上門來挑釁。他們的骨子裡都不是劊子手，殺人不是什麼值得開心的娛樂。

但他問侯君，這個妖豔揉合著莊嚴的九尾狐搔了半天的頭，老半天才擠出一句話：「努力練習。」

「你這說了等於沒說！」玄真的怒了。

「靠！你知道我能操控到這地步，所學習的知識轉換成你們的書，可以鋪滿整個曼珠沙華嗎?!但那些只是教你怎麼努力練習，知識只是輔助，努力練習才是本體……一道通，道道通，懂？」侯君也暴跳了。

不是漱芳的「系統警告」來得及時，這兩個又要打成一團了。

但玄好歹也是個玄幻作家，虎爛幾個孩子還是辦得到的。他先讚揚了九尾狐的法術其實威力都很強大，奈何操作複雜。台上十分鐘，台下十年功。「衍」前輩是最早進入曼珠沙華的第一批。大家只覺得他的傷害突破天際的over power，卻不知道他經過多少時間的苦練和學習。

這讓國家任務失敗，一直處於低迷狀態的九尾狐玩家精神為之一振。有人特別去把「衍前輩」出現的所有片段都剪接出來當教學，果然得到很多啟發。之前都只傻傻的發招，卻沒去想怎麼接招和將招式最大化。

雖然「衍」不再上線，卻成了九尾狐玩家心目中的大神，神民有驕大神，咱們九尾狐也出了個「衍狐神」，立馬成了新偶像。

災藍血脈天賦威不威？威暴了。但血脈天賦完全是運氣，羨慕歸羨慕，卻太虛幻了。但是從來沒人見過的「衍狐神」所使用的招式幾乎每個九尾狐都會，只要勤加練習，願意動腦就可以仰望……人類總是喜歡投射美好幻想在偶像上頭的，於是「衍狐神」被塑造成一個低調沉默、急公好義的高手，談到他都會景仰的讚一聲「狐之俠者」。

結果是，酷似「衍狐神」的亡國侯，天天都有人跑進王宮來參觀，讓侯君非常痛苦。往往留下虛影就逃跑……不然他可能會罔顧系統警告，用最暴力的方法讓他們閉嘴並且安息，免得繼續被當猴子圍觀。

讓我們把鏡頭再拉回正在處理回覆留言的玄。他耐性十足的處理了成千上萬的留言，結果看到一個毫不客氣大放厥辭的某公會會長下戰書。說他已經看破了**SEVEN**的手腳，可以輕易拿下，有膽的就不要摺兩個前輩。

玄推了推眼鏡，閃過一絲寒光。運指如飛的在曼珠沙華的圖書館電腦上打字，「這位會長，何必自找苦吃？貴公會論綜合排行只到四十九，與龍族相差豈止天與地？需知公會等級升之不易，為你一人意氣帶累全會，何苦來哉？若執意如此……吾等七口橫磨劍，翁若要戰便早來！」

霸氣，太霸氣了！看慣了玄溫文儒雅又有耐性的回覆，大家都以為他脾氣好。

沒想到居然敢反嗆，「翁若要戰便早來！」

這個叫做「無人能敵」的公會，倒是如願以償的一戰成名了……沒想到SEVEN居然沒摺前輩，對方還沒集結完畢，城門已拆，氣急敗壞的出了城門迎戰……卻誤入火牛陣，和無數毒粉和蠱毒的歡迎，傷亡過半，匆匆逃回主城大廳，又因為身上的毒和蠱又死了一半。結果二、三十個人被七個人堵在主城大廳門口束手無策。他們可沒龍族那麼齊全的高毒抗，補師都補到魔乾到不能再乾，解毒也解不完……太多層了，只是在謀殺補師的每一滴MP[47]。

等SEVEN破門而入，已然膽落的無人能敵公會，自毀靈魂熔爐，投降了。刷新了曼珠沙華兩個紀錄：最快破門時間和最速投降。

而且，還是在七人對百人的以寡擊眾，無任何血脈天賦或高手外援的神加成，單純機關術和神民技能的極致發揮。並且，還是已經公開亮相過的火牛陣。

這個影片引起的喧譁比較小，但是笑聲卻很大。有人很促狹說公會名字可以改一改了，「無人能敵」改成「人人能敵」。

但笑歸笑，自家公會若有不知死活的躍躍欲試想打SEVEN看看，總是會被看過影片的會員強烈反對，並且公開影片網址。往往看過的人都啞了口，湧起一股畏怯的敬意。

也因此，漱芳他們又開始大隱隱於市的生活，有段時間很平靜。平靜的讓他們的朋友完全摸不著頭緒。

兩場難以想像的大捷欸！照比例算是以一當十，還是天賦種族都居最末的神民欸！

這七個傢伙能不能興奮一點啊？

好奇的朋友當然問他們怎麼贏的。

朋友很多的貳頭也不抬的繼續打鐵，「不知道。隊長讓我殺誰我就殺誰，不解釋。」

朋友也不少的月深思好久，咬食指，「不知道。隊長讓我補誰我就補誰，不解釋……可以嗎？」

47：Magic point，表示魔力的數值，為施放法術必須消耗的資源。

朋友世界多的參回答得很地圖砲，「哈？這有什麼好問的？打發幾個小嫩嫩而已，值得你們這麼大驚小怪？」

結果參的敵人立刻世界多，起碼吸引了兩個公會全體人口的敵視。

但敵視歸敵視，真去跟她爭吵，只會成為諸葛孔明舌戰群儒的下場……不過自己成了群儒之一，參是諸葛亮，運氣不好會吐血。

偶爾撞見了幾次，漱芳很感慨。說起頭腦縝密細緻，首推玄和么，一正一奇。說起冷靜智慧，誰也強不過已經進化成腹黑的學者鍵。論武力，貳的狂暴在他們間首屈一指，月……算了，她的長才是當個家庭主婦，不列入計算。

但其實他們當中最強的，參認第二，就沒人敢認第一了。

畢竟心靈傷害最可怕，比被砍死還慘。而且在安全區就能發動，還沒辦法向系統告狀。參……可一個髒字都沒說過。

可憐的。希望被砲過的人能堅強點，不要在感應艙哭著醒來……那一天心情會很差，真的。

*　　*　　*

雖然說，夢境過渡系統對他們來說不是很有用……最少不會把現實和曼珠沙華搞混，像是某些夢境過渡系統無效的患者。

夢境過渡系統，顧名思義，就是退出遊戲，會經過一小段淺夢清醒期，緩和的轉換現實與夢境（全息遊戲）的認知，不至於混淆的系統。

絕大多數的人都能夠因為夢境過渡系統正常回到現實，而把在全息遊戲的一切都視為虛擬，在現實裡能完全記憶，和朋友津津樂道的討論，研究攻略，講八卦看影片，卻不會過度沉溺。

但有很小一部分的人卻對夢境過渡系統免疫，醒來很頹廢暴躁，整天什麼事情也不想做，只想回到虛擬世界。

因為這些患者，所以社會的反對聲浪一直很高，從開始研發到現在技術完全成熟，還是很多人斥為「精神毒品」，除了醫療用途外，應該完全廢止才對。

他們默默的看著麵店電視裡的學者專家慷慨激昂，靜靜的吃著牛肉麵。

「這是典型耽溺人格。逃避現實的那一種。禁了全息遊戲，就會耽溺到其他……酗酒、吸毒……反正能離開粗糙的現實就可以了。」鍵淡然的批評。

「這些專家學者要不就是沒在玩，要不就是玩得很爛……在地獄之歌被殺爆或被騙財？」玄頗感興趣。

「真想知道他們的ＩＤ和在哪個道或界。」么笑得挺邪惡。

漱芳打斷他們七嘴八舌兼離題的討論，「趕緊把飯吃一吃，得去看醫生了……時間很緊。」

現實的時間壓縮到八小時，實在很不夠用。三餐要吃，有七個人的稿要共同討論編修，部落格要維護，扣掉洗澡家務的時間，剩下的真的很少。

尤其常常要複診，一大堆檢查，曠日費時。今天是要去看報告的……誰知道報告結果會怎樣。

劉大夫還是很淡然平靜，看完他們的報告，微微笑，「果然，進步很多。或許……醫學有些走偏了路，將科別分得太細，專注的部分只是『疾病』，卻忘了人是一個整體，往往牽一髮而動全身。」

漱芳的表情空白了幾秒，統合了內部會議的意見，謹慎的問，「所以，我才會轉診到綜合科別的家醫？」

「很有效不是嗎？」劉大夫還是那種淡淡的笑，然後輕嘆一聲，「坦白說，即使是二十一世紀中葉，看似進步的醫學已經進入一個死胡同。連癌症都能治癒的此時此刻……但完全沒有道理的身心衰退、惡性失眠或精神疾病卻造成自殺高居死亡原因的第一名。藥物不能治癒一切……最少不能拯救心靈。其實我並不樂見感應艙娛樂化，因為會歪曲了原本用以醫療的本意……」

「但是，說不定因此治療了許多隱性的患者。」漱芳回答，「我覺得包裝在娛樂的糖衣之下，這個預防針更不會引起抵觸。疏洪強於湮堵，您說是嗎？」

劉大夫有些訝然的看著這個有些憔悴的年輕病患。他看過這個不到三十的少女所有的病歷。毫無理由的惡性失眠和低到令人驚恐的血壓，視網膜已經纖維化得很嚴重，理論上根本看不到東西，這麼低的血壓應該是倒在病床上昏迷，而不是正常的坐在他面前侃侃而談。

再怎麼詳細的檢查都查不出任何原因……從她十年前的病歷開始就飛快的衰

退，直到現在，嘗試著用感應艙調整有異於常人的生理時鐘，才像是找到了煞車，緩和下來。

這樣聰慧的女孩，太令人惋惜。

「……或許妳說得對。」劉大夫開口，「雖然不知道為什麼，但總算是在某些束手無策的疾病上看到一線曙光。」

漱芳回他一個微笑，「那我有機會過六十歲的生日嗎？」

「有的，可能比妳想像的還好。」劉大夫安詳的說，「只是……妳清醒的時間就會比較少。」他有些歉意。

失去一半的現實，其實是很悲哀的。

漱芳溫和的發了一會兒的呆，卻不是在開內部會議。他們只是一起想到爸媽和姊妹，溫暖的，卻只能遙望的家。喪失了一半現實的清醒和人生，別人會有的青春和人際關係，他們都沒有份。

「沒關係。」漱芳溫和的回答，「真的沒有關係。」

得到一些什麼，當然就會失去些什麼。擁有比別人還多還和諧的「自我」，再妄想其他，那就太貪婪了。

在捷運上，她緊緊的抱著自己，全體靜默良久。

月柔弱的開口，「……我想聽聽媽媽的聲音。」

漱芳摸出手機，打電話給媽媽，然後逐一打給每個家人。說，她很好，問家人過得如何。

那天每個人的心情都有點低落。直到進入曼珠沙華，已經朋友眾多到成群結黨的SEVEN，一個個被拉走，只有隊長懶洋洋的揮了揮手，飛身縱跳上了屋頂，閉著眼睛假寐，卻把一直當收音機聽的世界頻道關掉。

有人拂去落在她臉上的花瓣，不用睜眼也知道是侯君。

「怎麼了？一臉要哭的樣子？女人都是愛哭鬼。」夜沁有些彆扭的問。

千言萬語湧上來，她卻未語淚先流。這可把風華絕代的侯君給嚇壞了，「……我說說而已，妳還真哭啊?!別哭了這……」搔首片刻，他咬牙，聲音很小的，「我、我道歉行吧……」

「不干你的事。」漱芳苦笑著擦了擦眼淚，「……我只是、只是……我算幸運了。爸媽都認識我……但卻不知道還有三個女兒和三個兒子。」

即使他們真的存在，但不敢給人知道，就算告訴爸媽，結果也只會進精神病院，還是不會有人承認。就是很能明白其他人內心的思念和不為家人所知的悲傷，所以特別歉疚。

「誰也不承認他們，只有我獨占了現實，我……」

「鬼扯。」夜沁打斷了她，「那是人類不能體察真實，但那也不是誰的錯，只能說天賦所限。你們是很稀少的……就我所知道，只有人類才能承載多個獨立的魂魄在一體。我們這類的……」

夜沁支吾了一會兒，「反正，現實是啥鬼？這裡也是現實……這我可以掛保證。要不妳以為系統故障，讓你們一登入就呈現真實的七個？妳以為系統很寬容大量喔？他才……靠！我又接到系統警告！」

看著夜沁氣急敗壞的強烈不滿，漱芳破涕而笑。

「……醫生說，我可能可以活得比六十歲還久一點。」

原本在發怒的侯君立刻陰雨轉晴，驚喜道，「真的？太好了！……」

他的表情轉換之快，真是歎為觀止。這就是所謂的「七情上面」？「偉大的存在」，卻意外的單純。

「國主建議我們，跟他簽死後合約……據說可以先到曼珠沙華當個偽NPC，等他完劫就去你們那兒……」

「別答應他！」夜沁又再次變色了，氣得差點跳起來，「會做到死……不對，這是永不超生的無期徒刑啊！妳知道他的政務量有多高嗎？神經病才會想去給他永遠奴役……」

漱芳沒有正面回答他，「既然死亡並不是結束，為什麼你這麼斤斤計較我活多久？」

夜沁啞口片刻，不大自在的別開頭，「……有次我好奇，附在人類身上體會『死亡』。人類的死亡實在……我不想回憶也不想再提。我不管，總之妳要活到妳該有的上限，然後服膺自然的輪迴轉世……妳會有妳此世該有的人生。人類獨享轉世重來的機會，不要相信小陌的屁話去做牛做馬！他根本不懂人類，不知道人類應該有的幸福……我承認，我辦不到，但他可以……可不是他可以就是最好的路，那不對！……那不會是人類的希望，最少失去自由不會是你們的希望！」

漱芳睜大眼睛，神情很溫柔，「我不知道你這麼喜歡人類。」

僵了一會兒，夜沁不肯看她，「……嗯，我喜歡所有的人類。」聲音變得很小很小，「但我、我……觀察人類那麼久，我只有……嗯，只有……以前都專注在學問上，我在我們那邊沒有……我也不知道為什麼，就、就……就只愛，那個，某個人。」

這算告白嗎？漱芳研究似的看著他，思索著。這麼爆炸性炸毛兼龍蝦色，應該是告白沒錯了。

「我想，」她慢騰騰的開口，「那個某個人，也對你有相同的感覺。」

夜沁瞪了她好一會兒，突然撲倒了她，腦袋完全空白，什麼都看不到也聽不見，只是很笨的吻她……

然後轟然一聲，漱芳的耳朵一陣嗡嗡響。剛剛還在吻她脖子的夜沁不見了。

系統公告：九尾狐衍意圖不軌，險犯淫戒。遭受九天劫雷之刑，入冰牢反省十天！以資警戒！

世界頻道嘩的一聲炸頻，七嘴八舌的討論久未出現的衍狐神怎麼會神出鬼沒上線，而且上線就險犯淫戒……難道這就是所謂的「俠骨柔情」，「牡丹花下死，雷劈也風流」？

漱芳整理了有些鬆開的領口，又躺回去晒太陽。

夜沁說得沒錯，系統大神還是很有人情味的。不然公告出來是「九尾狐亡國侯夜沁」，那可是舉國蒙羞了。

只是她要緊緊咬著嘴唇，才不會在夜沁哭哭的密她時，沒忍住笑出來。

侯君入牢，連國主都去探監，他們SEVEN當然更不意外……只是玄單獨去探監，探到自己也坐牢了……這個「探監」到底是怎麼探的，實在令人納悶。

「沒什麼，」玄淡淡的，「我沒管系統警告，朝他丟扳手。」

「…………」

啞口了一會兒，漱芳謹慎的問，「唔，玄，你是不是反對我和他在一起？」

「我沒有反對啊。」玄推了推眼鏡，「隊長，這是妳的選擇。雖然我們是

『一』，但我們也是『七』。我只是單純討厭他而已，個人恩怨，沒啥。」

瀲芳思考了一會兒，更謹慎的問，「……玄，其實滿多女孩跟我打聽你。」

「哦，英雄崇拜，我懂。」他語氣更淡然，「下回要她們直接來問我就好了，我自己拒絕，她們才不會遷怒隊長。」

看瀲芳一臉為難，他笑了，很柔和的。「隊長，妳總是操心太多又顧慮太多。不，我不是因為現實無法發展下去才拒絕那些女孩……其實吧，正常人一天有三分之一的時間在睡夢中，也就是說，在曼珠沙華遊蕩的人們，這兒就是他們三分之一的現實。那些女孩呢，在清醒的現實中有諸多缺憾，在睡夢的真實就希望能圓滿。

很可惜的是，對我來說，這裡才是三分之二的現實。她們並不符合我的要求……我對外面那層皮沒什麼興趣，能讓我動心的最少也該跟得上我的思路，小聰明還不行，最少要聰慧，能睿智是最好的。現在的女孩子都不愛看書，令人遺憾……花在減肥美容的時間太多，充實自己的時間太少。而且一眼就能看穿……真的很沒意思。

我比較喜歡外表冷靜，內裡卻有點小邪惡的睿智女性。這種反差性格很萌不是嗎？」

咦？怎麼聽起來好熟的感覺……？

走出天牢，半路上遇到了鍵，她正在跟某個人吵架……應該說對方單方面的暴跳，鍵還是冷靜的看著，帶點憐憫，像是當媽的人容忍的看著別人家的小孩鬧青番。

「……妳說，我到底有什麼不好？」那個應該是某族花妖的男生氣得發抖，「我們同個讀書會這麼久了……妳說現實不能見面我也無所謂了，妳還想怎麼樣?!」

「不怎麼樣。」鍵淡淡的說，「你沒有什麼不好，就是ＩＱ低了點……你在讀書會發表的評論，是五年前我在書香論壇寫的。你要抄沒有關係，但不要抄襲得那麼爛，重點完全偏移又錯誤，這樣是不行的。」

那個可憐的男生淚奔了。

……這跟參的地圖砲有什麼不同？就是包裝得斯文一點而已。

「隊長。」鍵對著漱芳笑了笑打招呼。

「呃，會抄襲的確不好……但如果有好的……也有人跟我打聽過妳。」漱芳有些無奈。貳和月一結婚，幾乎是哀鴻遍野……月也就算了，她柔弱溫順的少女光環，幾乎是通殺任何年齡層的男人。

只是她沒想到立志當殺豬的貳也會有那麼多芳心暗許的少女眾。

等她發現的時候，陰陽怪氣的么和喜愛體力勞動並且地圖砲等級的參，居然也各有一大卡車的愛慕者，更不要提在演武台驚世絕豔一把的玄和主持讀書會主持到有後援團的鍵……只是完全沒有規律性，現代人的戀愛標準真難懂。

但因為她是最閒閒沒事幹整天晒太陽睡覺的那一個，而且是自己人的隊長，所以有些羞赧的愛慕者會找上她，更害羞一點的就飛鴿傳書。

「是嗎？」鍵淡淡的笑，「如果連表白都得透過第三者，那真可以直接淘汰出局了。其實我要求也不高，有勇氣，ＩＱ和ＥＱ都跟我差不多就行了……嗯，最重要的是，面對逆境不是怨天尤人，而是想辦法轉圜而突破……再有點小腹黑就更好了。」

她笑得很雲淡風清，「這樣才有棋逢對手的樂趣是不，隊長？」

……妳說的這個人，我也覺得好熟啊……

「去探望玄？」漱芳試探的問。

「嗯，」她揚了揚幾本書，「帶書去給他看，省得坐牢無聊……既意外其實又不意外，他也會有幼稚的一面。」

這次鍵笑得很少女，開懷的少女。

「妳和玄……？」

「我和他？怎麼了？」鍵大惑不解。

「……沒事。」

看她施施然走向天牢，漱芳沉默了一會兒。原來……再怎麼聰明睿智狡詐的人，都會有死角。想來他們倆彼此都還沒有察覺吧……？

自給自足、自產自銷……她發現自己不能再想下去，因為么和參這個組合太恐怖，也太不可能了。

但玄說得沒錯。曼珠沙華是他們三分之二的「現實」，雖然是「一」，在這裡卻是自由的「七」，各自擁有各自的人生。

有一瞬間，她覺得孤單和惶恐。或許這就是只有單一自我的「正常人」時時會感受到的，侵骨的寂寞。

可也只有那麼一瞬間，之後就覺得高興，很高興。最少只有她知道的自己人，可以擁有自由和三分之二的現實了。

她如釋重負的呼出口氣，原來已經鬱結了這麼多年。

之後國主召她前往，她去了。

陌桑國主依舊纖秀溫雅，但也同樣有著強烈的威壓。他溫煦的詢問她的回答。

「其實我不知道。」漱芳坦率的回答，「我還有幾十年好活，這對人類來說是很長的時間。我們會好好討論並且思考，但不想輕率的答應和反悔。」

國主微微詫異，他沒想到會被打了個太極。「吾民，若妳我簽訂死後契約，妳將永生，在我歷劫後同我回歸渾沌，成為渾沌侍臣……於人類而言宛如得道升仙。」

「我想這是很多人的目標，卻不太是我們的目標。」漱芳的語氣溫和下來，

「吾王，我等願意考慮是因為急難之初您伸出援手。我等的願望是希望活得燦爛，儘管短暫如煙火。現在的壽算我等已然滿足，來得及完成許多原本註定遺憾的願望。」

陌桑國主深深的凝視她，充滿威嚴的壓迫感。對視了一會兒，漱芳謙卑的垂下眼簾表示恭敬……卻不是懼怕。

「難怪衍會願意為妳挨雷劈。」國主收回他那連空氣都充滿強烈靜電的威勢，低眉淺笑，「好吧，妳說得對。還有幾十年可以考慮……歷劫後，我會令衍到我身邊擔任預備資政。一直待在宮裡果然不是好事……會錯失許多人才。」

漱芳猛然抬頭，「……衍應該還是學生……我是說在學學者吧？」

「他去鑽故紙堆宅象牙塔太可惜了，還是出來預備當我左右手的好。」國主的眼睛閃過一絲狡黠。

好魚餌，不上鉤嗎？

向來謙和恭讓的漱芳頭回不淡定，差點對著「偉大存在」中特別偉大的那一個飆粗口。

深深吸了口氣，她低聲，忍住磨牙的衝動，「我們是各自獨立的存在，我的答案不能代表其他任何一個。」

國主意味深長的一笑，和藹的應了她告退的請求。

那是妳以為。這個尊號為渾沌之秩序者的纖雅王者愉快的想。**衍不能抗命，人類被戀情束縛極深，只要妳點頭，那就是買一送六的買賣，怎麼算都是贏面。**

原本他只看中了玄和么正奇相輔相成的謀略，以及鍵情蒐的高效率和超強歸納……但他沒想到會在平淡無奇的漱芳身上看到一種堅忍的韌性和潛移默化的統帥能力。連其他幾個都各有所長，缺一不可。

整個SEVEN，要定了。

他原本無須裂魂度劫……像是隔壁棚的貪婪者也用不著，那傢伙硬來湊熱鬧，打得威風無比，技壓群雄，只是因為可以自選道主或界主，單純想脫離渾沌煩死人的秩序和規則，過過稱王稱霸的癮。

而他原本只是希望有點閒適的記憶。

但總是有一些意外，一些驚喜。

這次歷劫比他想像的有趣，非常有趣。幾十年不過是一瞬間……就他們渾沌者的時間而言。

他開始期待會有多豐富的漁獲量了。

後記

當龍族和排行第五的洪荒結盟的時候，SEVEN以為又得迎接一次硬仗。這次不同以往，洪荒很低調，要收集情報不是那麼容易，而他們一定被研究的很徹底……兩次公會戰早就成了經典。

曼珠沙華營運這麼久，時時有微調。系統的最高原則就是「平衡」。雖然就遊戲總人口數來說，一百人以上，三百人以下才算是小型公會，避免大型公會用人海戰術壓迫小型公會，所以公會戰的參戰人數每公會只能百人參與，但也不是說，百人以下的公會就完全沒有招架之力。

其他不像SEVEN這樣另類強悍的微型公會，可以透過結盟來維持公會所願有的規模，並且保有在公會戰時不被霸凌掠奪的能力。

因為公會成員離開原公會有段長達兩個月的冷卻期，加入新公會也有一年不得參與公會戰的限制，這也是防範某些大型公會用跳槽不斷對小型公會開戰，鑽停戰期漏洞的防範手段。

但是在各個公會結盟後，在同盟公會的會員轉移不受冷卻期和一年非參戰的限制。這是為了微型公會在面臨外侮時，能夠團結，用盟友轉移公會達到支援的目的，最少能湊出一百個人，好好防守還是能拖到一個平局。

EU應該是動了真怒，所以向來高姿態的龍族才會促使這次的結盟，意圖讓同盟的洪荒再次發動公會戰，這次一定是精選再精選的精英，而且會做足了功課和準備。

但是EU大概怎麼想也沒想到，曼珠沙華最老牌、一直獨霸第一的公會拂衣去，會用迅雷不及掩耳的速度，在龍族與洪荒甫結盟之後，立刻宣布和SEVEN結為盟友。

坦白說，漱芳也想不通，因為是拂衣去的會長找上門來，主動要求結盟的。

「……但我們只有七個人，跟我們結盟沒有任何好處。」漱芳很訝異。

拂衣去的會長叫做戰天下，聳了聳肩，「我們拂衣去不為好處結盟友。坦白說，我們很佩服。我不知道你們為什麼硬要維持這樣的微型公會……但你們的確有能力維持這樣的規模，既然你們的希望就是過著和平的『第二人生』……我想跟拂衣去結盟，能夠有效嚇阻想找麻煩的任何無聊公會……或某個中二。」

漱芳仔細的看著戰天下……他的確是個人類玩家，但她有很強的「感受」。

「這可能是部分理由，但不是全部。」她很率直的說。

戰天下含含糊糊的咕噥了兩聲，「我、我某個長輩認識伊麗莎……的主人。說起來你們只是無辜被波及，只是那個死中二老搞東搞西……照我說，真希望他停止當個混蛋，不然乾脆永久鎖他帳號比較實際……算了，不提這。總之，」

他不太自然的清了清嗓子，「一來是長輩開口了，二來，也真的是很佩服，會內投票是全體通過的，希望你們不要嫌棄我們這公會幾乎都是玩很久的後中年宅宅。」

「宅有什麼不好？居家好男人。」漱芳笑了起來，在公會頻道討論了一會兒，「承蒙不棄，是我們高攀了。只是……我能問是哪個……『長輩』？」

該不會是國主還是侯君插手了？系統肯嗎？

戰天下的表情更尷尬，「……是我叔公。」

……她是聽說過老人家玩全息遊戲常常電翻青春少年兄，沒想到居然是真的。

「文殊和伊麗莎好嗎？」

戰天下為難了一會兒，含糊的說，「應該算好吧……曼珠沙華其實很大，真有心想躲起來，讓誰也找不到也是很有可能的事情。」

即使文字理解能力這樣強的漱芳，也很難從這麼少的線索裡拼湊出真相。只是，她又不需要真相，只是想確定他們過得如何而已。

於是他們握手結盟，有了一個很龐大而且實際的靠山，保障了他們安逸和平的自由生活。

直到很久以後，他們聽說了有個歸化南陽蛟國的玄武族民成了攝政王，輔佐體弱多病的國主燦火。並且在與西海蛟域的國戰中運籌帷幄，擊退來犯的西海蛟域，並且盡殲以龍族公會為主幹的前鋒，在會戰中大顯神威，親手擊殺EU於陣前。

那位攝政王名為文殊，帶著全曼珠沙華唯一的人型寵……但攝政王都恭敬的稱之為「老師」，燦火國主親封伊麗莎為「御前少宰」。

經此一役，屢次受挫的龍族終於宣告瓦解，EU從此不知所蹤——據說移民去涅盤狂殺了。

說不定那還比較適合他。漱芳默默的想。以暴制暴當然不好……但有些人就是得受點震撼教育。她相信從上線殺到下線的嗜血玩家會好好教育EU何謂真正的「殘暴」和「霸凌」。

也許EU會進化得更暴虐，但照他那奉行圍毆為圭臬的幼稚孩子王個性，一個人想在涅盤狂殺混下去……就她聽鍵說的資料，EU的日子不會好過。

管他的，反正還有地獄之歌可以轉……別搞出個精神腎虧就好。

其實她很難對中二的小屁孩動怒，就算是狙擊EU的時候，他們「訓導」的味道比較重，並沒有很大的火氣。

因為他們全體都同意，不管是草莓還是小屁孩，將來進入社會，總會被殘酷的現實徹底的輾壓蹂躪，了解自己啥也不是，不過就是龐大國家機器中的腐敗教育制度下的貪婪副產品裡的寄生蟲旁邊的小俗辣。

這不，被他們電過以後，又被自己的弟弟電翻，然後去涅盤狂殺找虐。提前進入社會階段的震撼教育了，多好。

她在屋頂曬著暖暖的太陽，又寧靜的睡著了。直到夜沁拂開她臉上的花瓣才醒過來。

以為自己的原型情人會是理智穩重型的，怎麼也沒想到會跟很愛ㄍㄧㄥ，稍微有點裝模作樣，愛美又有點幼稚的夜沁在一起。

也許是因為炸毛的狐狸比較可愛？誰知道。他們連種族都不一樣，時光流逝感更是天差地遠。他們相處的時候，相互抬槓比較多，要讓夜沁甜言蜜語……還是宰了他吧！

他的點數大概都點到智力，沒有半點點在感性。

連吻人都很笨拙……都在一起快兩年了。

「欸，」漱芳不得不充當煞車，「控制點，別再挨雷劈了。」

夜沁低聲咕噥，「……就不能來個誰，砸了系統這破玩意兒？」

漱芳只是笑，聽說他們這些「偉大存在」為了歷劫提升境界，都很憋屈的被坑在遊戲群裡，因為這樣的歷劫最安全，不會損失寶貴的神識……雖然聽不怎麼懂，但她也沒追問。

據說，每個「偉大存在」的偽NPC最大的希望就是能砸了系統，但只能咬牙切齒的忍下來，繼續當不支薪的義工……連店小二都有「人」搶著做。

風很暖，夜沁的唇，很柔軟。她閉上眼睛，感受如此真實。

她聽得到貳專注的打鐵，看到月提著餐籃去送飯。么拿了張圖紙和參共同研究，想把毒藥和裝備結合在一起。鍵剛結束了讀書會，而玄去接她，一路討論著某段戰史。

這裡就是，三分之一的現實，三分之一的自由……和三分之一的孤獨。

她有一點點了解只有單一自我的正常人，為什麼什麼都貪。貪友情、貪愛情、貪親情……貪得偏執並且不可思議。

主動的深吻夜沁，雖然閉著眼睛，但也知道他的每根尾巴都炸得很蓬鬆……也因此，她的唇角噙著一絲溫柔的笑意，熟蜜似的甜。

（SEVEN 全文完）

黑暗聖徒行歌

楔子

「老大！不好了！」

曼珠沙華程式部的大門被粗暴的踹開，開會開到一半的戰天下皺緊了眉，「阿六，慌慌張張的搞什麼？」

和阿六一起進來的同事風雲——原諒他們都是遊戲瘋子，只喊遊戲內名字——粗魯的把大螢幕的程式一關，飛快的打了一行網址，然後把玩家拍的影片放大。

戰天下疑惑的看看他們，又注視螢幕，摸不著頭緒了……這是個拓荒48相柳副本的影片，耐著性子看了幾分鐘，看不出所以然。

剿滅相柳巢穴是曼珠沙華最新推出的副本，幾大公會拚首殺（困難等級才算首殺）競爭得非常厲害。對現在的玩家來說，連普通級都要將夫諸、軨軨、長右三個過渡副本打通，收集到部分毒冰抗裝才足以挑戰普通相柳，想跳過三個過渡副本挑戰困難級就真的要非常強悍才行。

這明顯是公會拓荒團，不錯，但也僅僅是不錯而已。很顯然的跳過了三個過渡副本，太求勝心切，來相柳普通真的太早了一點……這不，幾分鐘就滅得只剩下一個補師。

「這有什麼好看的……」戰天下的話沒講完，漸漸的張大了嘴。

當相柳撲向唯一倖存的補師時，驚慌的補師身邊浮現了召喚術的符陣。這是最近更新版本的寵物系統，本來沒什麼值得驚訝的。

讓所有的人眼珠子快掉出來的是，從符陣出現的，是個白袍白面紗的女子。

雙手持杖的女子，白袍敝舊，面紗的下緣也有些破損，一直遮到脖子，衣服的樣式……很怪，最少不該出現在曼珠沙華。

她一出現，就對補師施展了一個橢圓的防護盾，行雲流水般快速治療，並且拉

48：意指在遊戲中首次進行攻略，因為沒有先行者指引，過關條件與訣竅必須自行挖掘，如同要將荒地開墾成農地，因而成為玩家間通用的術語。

著補師走位。發狂的相柳咆哮撲咬，居然連他們的衣角都沒碰到。

然後，這個女子對著相柳扔出一團小小的白光，懲擊[49]，往補師的反方向跑去。相柳的仇恨立刻被她拉走。就在一眨眼間，原本的白袍白面紗，滲血而發黑，火速籠罩在朦朧黑霧中，頂著盾硬抗了相柳的全力一擊，發出嚴厲的怒吼……

頂天立地其大無比的相柳，居然讓她吼得到處亂跑，倉皇無比。

最後相柳倒在她的鞋邊，死於暗言術：死。

好一會兒，程式部沒有一點聲音。

戰天下畢竟心理素質比較堅強，強笑了兩聲，「真被你們唬住了……喂喂，人家WOW[50]全息版還在封測[51]，你們這樣亂接亂拍片好嗎？」

阿六張了張嘴，一張臉皺得跟包子一樣，「老大，別自欺欺人了……」

「……那你解釋一下，為什麼魔獸的牧師會跑來我們曼珠沙華，啊?!而且咱們現在的寵物系統就有人形寵嗎?!你說啊你說啊!!」

「我怎麼知道？」阿六都帶哭聲了，「人家玩家都發上論壇炫耀了，下面一堆人要說法……我都不知道該怎麼說了～」

他們這群遊戲瘋子，當然很熟悉風靡半世紀的魔獸。他們很想否認那個人形寵就是魔獸裡的人類牧師……但卻不能欺騙自己。

的確，他們設計寵物系統時，有妖化人身的設定，但寵物要一百級，起碼是兩個資料片後的事情。現在這個人形寵怎麼解釋？還有，他們非自願的「剽竊」了WOW的人類牧師……這又該怎麼解釋？

剽竊、跨國官司、天文數字的賠償……戰天下用力撐住桌子，才沒暈倒。

49：網路遊戲「魔獸世界」的牧師技能。此角色在本作中所施放的技能皆為此類，以下不再特別註釋。

50：WOW，World of Warcraft的簡稱，中譯為魔獸世界，為美國暴雪娛樂公司（Blizzard Entertainment）製作發行的大型多人線上角色扮演遊戲（Massive Multiplayer Online Role-Playing Game，簡寫為MMORPG）。

51：封閉測試，為遊戲開發過程之一環，意指在限定登入遊戲人數、對象的情形下，對遊戲運作狀況進行各種測試。

「連絡一下醫君和系統大神。」戰天下的聲音微微發抖，「靠北，玩大發了這……」

＊　＊　＊

但是透過GM和系統大神和醫君的溝通卻很不順利……系統和醫君都聲稱「沒有問題」。

……這問題可大著呢！

戰天下用力抹了抹臉，很悲傷GM部真的完全就是個擺設……所以他乾脆的透過程式，請求系統讓他調查有關該玩家的資料數據，卻被系統以「保護個人隱私」這樣堂皇的理由婉拒。

他整個火起來，用最高指令要求系統服從，系統以「您的權限不足，恕難從命。」再次否決了。

戰天下覺得自己的血壓驟然升高，已經瀕臨中風的危險線。「我就是最高系統管理員！」

「否定。」系統回答，「原撰者才是最高系統管理員。」

……搞毛啊？叔公現在……誰知道在哪個天涯與海角？鬼才知道崑崙在什麼鬼地方……

他廢然放棄和頑冥不靈的系統繼續盧，將這個嚴重到快爆炸的問題提給上級去煩惱，程式部全體徹查所有程式，卻實在找不出什麼漏洞和BUG。

「我不懂。」阿六很苦惱，「寵物系統沒有任何異常。」

坦白說，戰天下也不懂。夢境編譯器說白了，也就是專門針對感應艙開發出來的程式語言，真的解析到最後，還是機械語言所構成的零和壹。

曼珠沙華始建於他叔公的手裡，同時參與程式和硬體。他一直很仰慕叔公，也對全息遊戲抱持著燃燒的熱情，才會一直用功讀書並且自修程式到刻苦的地步，大學一畢業，他放棄了念碩士的機會，寧可去華雪程式部從工讀生開始幹起，等於參與了後半曼珠沙華的建立。

表面上看起來，一切都很完美無缺……其實夢境編譯器一公開釋出，就有許多國家致力於全息遊戲的開發，華雪的腳步甚至沒有晚太多，而且是一枝獨秀的東方玄幻風格。不但吸引了大部分的華語市場，也有不少非華語玩家靠著此時已經很發達的翻譯系統外掛在曼珠沙華漫遊。

但這只是表面上。系統一啟動，他們也遭遇了其他使用夢境編譯器所創全息遊戲相同的困境：對系統內的世界掌控非常貧弱。

如果試圖削弱系統和世界主的強勢，遊戲就不再擬真，變得非常粗糙、僵硬，有時候甚至系統會乾脆當機，無法執行。

當時叔公試了很多辦法，都無法克服這個毛病。只好跟他國全息遊戲的程式設計師做了相同的事情：列入「常態規格」。

雖然整個程式部都覺得很窩囊，但也毫無辦法。叔公因為癌症即將命終，就是很不甘心，所以同意了僅以大腦保存在特製感應艙中「活著」，一直都在試圖克服這個「常態規格」。

直到他在現實中真正過世，這個難題還是呈現無解狀態。

我不懂。戰天下揉了揉額角。真的，我不懂。他甚至趁曼珠沙華每年一次停機升級兼維修的時候，跑去硬體部挨白眼。硬體部當然很不高興，這個程式部頭子不去檢討自家程式到底哪裡出狀況，老跑來拆伺服器……有什麼好拆的？怎麼拆都是電子零件……絕對不會有什麼鬼怪，更不會有什麼生物電腦……科技沒有那麼發達，硬體部也沒有那麼超時代的創舉和偷改！

戰天下也知道自己很神經，但已經毫無辦法了。他不是對系統的完美運行和除錯有什麼意見……但身為一個程式設計師，卻沒辦法掌握自己所創的全息遊戲……實在太鳥了。

唯一值得安慰的是，鳥的不是他一個，全世界的全息遊戲程式設計師都一樣鳥。

或許在現實已經死亡的叔公會出現在曼珠沙華……證實了他們創造了一個世界，謎得連始創者都不科學的世界。

但更不科學的事情發生了。

原本已經做了最壞的打算，上級也早就把他們程式部罵了個狗血淋頭……但是WOW的始創公司卻不願意追究，雙方簽訂了保密條款，對外宣稱這是兩個遊戲的嘗試性合作。

……現在到底是在演哪齣？戰天下真的摸不著頭緒了。

雖然上級要他們不要再追究，但是身為程式設計師的好奇心還是讓他們交頭接耳之後，決定自己悄悄注意和觀察。反正公司管不到他們的下班時間……他們也是曼珠沙華的一般玩家，還組了個排行第一的公會。

一般來說，因為職業道德，他們並不搶副本首殺……畢竟副本由他們所設計，搶首殺太不公平。他們能夠穩占公會排行第一，靠的是骨灰級玩家的實力：各種競技的優勝。

雖然覺得第一公會沒什麼，但是需要調查情報的時候，這個金字招牌還是挺好用的。只是追查到最後，還是慢了一步。

那位擁有西方牧師人型寵的玩家文殊入了中都以後，就不知所蹤了……傳送陣的費用雖然貴得能讓人眼珠子掉出來，但四通八達到令人髮指的地步。一個人真的存心在曼珠沙華躲起來，就算在世界頻道買座標都很困難……

曼珠沙華真的太大了。

初開服時限於等級，玩家活動的就幾張低等級地圖。現在幾乎人人滿等，妖界三十一國大到靠北邊走，真有那種窮山惡水兼杳無人煙的鬼地方。

第一公會拂衣去的會長和會員面面相覷，愁眉苦臉。戰天下不抱什麼希望的寫了飛鴿傳書給他叔公。

鬼才知道能不能寄到……雖然廣義來說，他叔公嬸婆，還真的是兩個……鬼。

黑暗聖徒行歌

第一次看到那孩子，只覺得他一臉落寞的忍淚。

他一個人在這裡做什麼？這裡是個很特別的隨機副本，很難得出現，據說是妖界三十一國唯一的魔族據點。當初她茫茫然的來，被魔王捕獲拘禁，像個稀奇的寵物般養起來。

一般的冒險者不都會起碼組滿七人才會試著隨機撞看看能不能撞到這個魔族領地嗎？為什麼這孩子獨自在這裡？

結果那個叫做文殊的孩子驚愕的看著她，「……妳為什麼……是誰這樣對妳？」他眼中湧出強烈的不忍，有點膽怯的試著觸碰鎖在她脖子上的鐵項圈和鎖鏈。

「快走吧。」她淡淡的說，「在魔王發現之前。真奇怪，你怎麼會獨自一人在此？」

文殊低下頭，「……哥哥他們都爐石回去了。我、我的爐石還沒冷卻。」

爐石。她來的地方也有這種東西，一個小時可以使用一次，回到旅店……

「你被丟下了，是嗎？」她愴然一笑。

文殊安靜了一會兒，「他們……就是想找點樂子。」就沉默了下來。

找樂子。世界的人們真是奇怪……不管是哪個世界。自以為有趣，自以為好笑，用各式各樣稀奇古怪又毫無意義的方法……「找樂子」。

「魔王要來了。」她淡淡的說，「快走吧。往下走遇到斜坡，旁邊有個隱蔽的小山洞。你靜靜待在那兒，等爐石冷卻吧。」

「那個，我、我……要怎麼幫妳？這個，要怎麼打開？」文殊手忙腳亂的摸索著鐵項圈和鎖鏈，想找到打開的方法。

「我不屬於這裡，也沒有任何任務。」她淡淡的厭倦，「走吧，快走吧。趁還來得及的時候……」

「不是為了什麼任務……你們都太真實了。我、我很難把你們當成……NPC。拜託告訴我怎麼打開……誰都不該這樣被欺負。」

看著漲紅著臉，試圖撼動緊緊鑄在石牆鏈頭的文殊，她有些困惑，茫然，然後湧起一絲遺忘已久的溫暖。

現在讓他逃也來不及了。她已經聽到魔王的足音。

「和我簽約。」她靜靜的說，「我叫伊麗莎。」

「伊麗莎？這名字，呃，雖然很像外國人可是很好聽……」文殊話還沒說完，就瞠目結舌了。

系統提示：玄武文殊與牧師伊麗莎簽訂主從契約，契約完成。

伊麗莎脖子上的鐵項圈和鎖鏈消失殆盡，拿著雙手法杖，破舊長袍和蒙面面紗，眼神沉沉的憂鬱。

讓文殊更暈的是，他記憶裡的法術新增了一條：召喚寵物。

「啊？」他還沒從震驚狀態清醒過來，漆黑羽翼的魔王已經發出憤怒的暴吼。

雖然嚇得手腳發軟，他還是護在伊麗莎面前，試圖使用聖祭傷害非常虛弱的驅邪術。

「還不勞您動手，master。」伊麗莎已經如狂風般迎向前，對著魔王發出尖銳的嘶鳴，龐大可怖的魔王竟然因此混亂而恐懼的團團亂轉。

雙手舉起法杖，她破舊的白袍慢慢的滲血直到泛黑，然後狂暴的展現了服膺黑暗者的嚴厲和恐怖。

最後魔王逃走，伊麗莎泛黑的法袍漸漸褪成慘白，「恕我無禮，master。」拉著整個呆掉的文殊，嫻熟避開逃兵，甚至可以將兩個人漸隱，若無其事的走出這個龐大的魔王迷宮。

「……伊麗莎，妳好厲害。」文殊一路都糊裡糊塗，直到出了魔王迷宮，重見光明才驚嘆，「可是，妳這麼厲害，為什麼還……」

伊麗莎安靜了很久，沉默到文殊都有點不安，她才緩慢的開口：「我罪孽深重，被囚是應該的。反正……我早已沒有需要保護的人們，我的一切都是虛假。」

「胡說！」文殊難得的鼓起勇氣，「我、我從來就不覺得你們是假的。雖然、雖然我不知道妳做了什麼……但罪孽深重什麼的，不是該想辦法贖罪嗎？難道被關在那裡就可以？這太奇怪了！」

眼神一直很憂鬱的伊麗莎，終於透出一點溫暖的笑意，「現在我有想保護和服侍的master。並不是誰都有資格，讓我願意跟從，並且贖罪。」

就在這一天，曼珠沙華中的玄武聖祭文殊，邂逅了一個神祕的牧師伊麗沙。他不肯讓伊麗莎喊他master，也從不承認伊麗莎是寵物。

這是平凡黯淡，心靈孤獨徬徨的他，第一個而且是唯一的朋友。

只是這時候的文殊還不知道，遇到伊麗莎，是他一生中最重要的轉捩點。

在現實中的文殊，只是個掩蓋在帥氣、功課好人緣佳的哥哥強烈光環下，名為「王正恭」的黯淡存在。

他功課平平，體育平平，長相也平平。就是個普通到不能再普通的普通人。但有個太耀眼的哥哥，他的平庸就淪陷到劣質的地步，父母長輩幾乎完全忽視他的存在。接近他的所謂朋友，其實就是想透過他認識英俊瀟灑又會念書又會打籃球的哥哥。

或許年紀還小的時候，會憤怒不解，但被「教育」久了，他也只是苦笑，默默的苦笑。

因為他們根本就不明白，透過他成為哥哥的朋友……是不可能的事情。雖然在外哥哥待他一直很好，簡直是人人夢寐以求的哥哥……但那只是在外人面前。

一直都不明白，甚至他還以為只要乖乖聽話和忍受，哥哥就會待他好。漸漸長大，他才發現，這是絕對不可能的。獨占欲很強的哥哥，根本就討厭這個多餘的弟弟。所以才從小就懷著一種狡猾的惡意，在人後不斷的欺負他，小時候不懂事，還會哭著跟父母告狀……

結果一臉無辜委屈的哥哥總是能得到爸媽的信任，反過來他成了喜歡說謊的壞小孩。

他學會了沉默隱忍……因為反抗是沒有用的。小學二年級時，他忍受不住的爆發過一次，在哥哥惡意把他推去撞牆的時候，他撲過去咬了哥哥的手臂，不管怎麼挨打都不肯鬆口，將哥哥咬出血來。

事後受到懲罰的卻還是只有他，誰也不聽他解釋，最後他挨了一頓板子，被罰跪了兩個小時，還被迫向哥哥道歉。

所以他完全放棄掙扎了。很多事情都會習以為常……慢慢的累積，根深柢固。

後來哥哥越來越明目張膽，甚至在爸媽面前欺負他……但是文殊哭的時候，哥哥卻一臉無辜的說「只是開玩笑，沒想到他這樣就哭」，爸媽頂多笑罵哥哥太調皮，卻對他越來越不喜歡。

他除了放棄掙扎，退縮而封閉自我，完全沒有其他辦法。

連父母都不能相信他、保護他，血緣最接近的哥哥卻是他苦難的根源……無助的他，除了逆來順受，真的沒有辦法。

坦白說，高中的時候沒跟哥哥同校，他真的鬆了一口大氣。雖然爸媽很不滿他連前三志願都沒有，落到一個最中間的公立高中。但誰也不知道，他是多麼珍惜這樣安靜平穩的學校生活，甚至從高一就開始放學留校讀書……不受哥哥的騷擾和奴役。

但也就安靜了那三年。

就他父母來說，這是難得讓他們對這小兒子另眼相看了一次，居然能考上第一學府。對他來說卻是新的苦難重新開始……他又和哥哥同個學校了。

然後又是舊事重演……哥哥的演技真的該去拿個金馬獎影帝之類的，裝得多麼像「世界上最好的哥哥」。漸漸侵奪走他所有的朋友，引誘幾乎成了他女朋友的女孩子，然後有意無意的說漏嘴，隱約透露文殊曾有說謊癖的小時候。

由於一種毫無理由的惡意，他將正恭帶在身邊，供他消遣和調侃。別人當然不懂，他們只覺得這個弟弟太不識好歹，這樣好的哥哥還一臉漠然和冷淡，漸漸的，也就習以為常的看待哥哥種種言語或肢體上惡意的欺凌，有時還會覺得挺有意思的補補尾刀。

當然，他們都覺得這只是開玩笑。至於正恭小弟弟的臭臉，完全就是開不起玩笑。一點都不覺得他們在助紂為虐的欺凌一個比他們小的少年。

他已經習慣消極而痲木的面對一切。但他畢竟只是個不到二十歲的少年。唯一的發洩途徑就是，寫。

寫小說，寫散文，寫詩，什麼都寫。

誰也不知道，他唯一比哥哥強的就是這個：他的文筆。但他只投稿給校刊唯一的一次，最後卻成了一個污點……他哥哥和他寫得居然幾乎一模一樣，他卻不能控訴是他哥哥駭進了他的電腦，抄襲了他的文章。

所幸，網路是可以匿名的。他上過一次當就學乖了……不再把任何作品留在電腦裡，直接寫在部落格裡頭。他那多才多藝的老哥還沒強到能駭部落格，更不知道他叫什麼名字……因為他只是需要個抒發的管道，連留言回應都不給，所以一直很小眾，沒什麼人知道。

但這是他小小的、卑微的驕傲。總有一樣是可以贏過哥哥的……只是絕對不能告訴任何人。

他禁受不起這最後的堡壘被哥哥破壞了。

後來，哥哥磨著要爸媽買感應艙的時候，很「善良」的也替他求了。爸媽當然很感動，跟木頭似的、冷漠無表情的正恭比起來，正謙真的體貼又可愛。

拜託不要。正恭心裡默默的想。我不要連睡覺的時候都沒辦法擺脫「哥哥」這個惡夢。

但他的希望一如既往的破滅，爸媽慷慨的付了一大筆錢，給他們兄弟倆買了感應艙。

哥哥看似熱情的摟著他的肩膀，「高興不？好好感謝我吧……不然你有機會玩曼珠沙華？別做夢了。」壓低聲音說，「聽著，選龍族那個大類。我們缺個補師……我想你很樂意對吧？你暗戀的那女孩叫啥……蘇櫻？雖然離我的標準還差點兒……」

「我很樂意。」正恭艱難的開口，「蘇櫻只是我的同學。」

拜託不要玩弄一個無辜的單純女孩。

哥哥笑得很邪惡、非常滿意。雖然正恭是最倒楣的那一個，但卻不是唯一的倒楣鬼。真奇怪，為什麼他那一夥兒的都以別人的困窘痛苦為樂，甚至沒有什麼特別的原因，難看、肥胖，或者只是單純看不順眼。

每次把人弄得痛苦或痛哭就會露出那種殘酷的笑容。

人類如此莫名其妙。

但長年被欺壓到消極得有些自棄的正恭，還是順從的登入了不怎麼感興趣的曼珠沙華，取名字的時候，他遲疑了一下。

該叫什麼才好？

最後他給自己取了個名字叫做「文殊」。唯一贏得過哥哥的，僅有的亮點。

果然不出所料，他在曼珠沙華的日子也很不好過。但一個被欺凌到這種地步的人，真的很難要求他積極起來，只能麻木安靜的忍受下去……忍不住的時候頂多偷偷哭一會兒。

直到遇到伊麗莎。這個分位上應該是他的寵物的「真正朋友」。什麼都可以對她傾訴，她也都會安靜溫柔的聽。在他因為蘇櫻有了男朋友而痛哭時，伊麗莎沒有譏笑他，只是輕輕撫著他低俯的頭。

有段時間，因為哥哥對某個女補師很感興趣，他被放生得很嚴重。往往辛辛苦苦補了一路，但到打王的時候就會被他哥命令出副本，好讓那個女補師進來撿裝。

但他卻覺得這樣很好。畢竟哥哥的注意力不要放在他身上最好，他寧願帶著伊麗莎漫遊或閒聊。甚至很貧困的他，還勉力在西海蛟域的首都客棧長期租賃租了一個房間，在他下線時讓伊麗莎有休息的地方。

「……你不用如此。」伊麗莎柔聲說，「寵物有專屬空間，在你下線後我就會回到那兒。」

「不，」文殊飛快的拒絕，「伊麗莎，妳是我唯一的朋友，不是寵物，絕對不是。」

伊麗莎張了張嘴，最後還是遲疑的沒有說出來，只是默默點頭。

他是真的很珍惜、非常珍惜伊麗莎。所以一直很謹慎的隱瞞，不敢在哥哥面前召喚伊麗莎。

因為這實在太不可能、甚至無法解釋。

寵物系統才開沒多久，寵物還完全是天價狀態，非常難獲得。而寵物雖然有進化到妖化人身的可能，但官方釋出的消息早就說明起碼是兩個資料片以後的事情。

伊麗莎恐怕是絕無僅有的一個，而他的哥哥，絕對不會放棄掠奪他任何一點珍寶。

但伊麗莎不行，絕對不可以。

那是心靈孤獨、消極自閉的他，唯一而僅有的朋友。他甚至拒絕承認她是NPC……她就是伊麗莎，溫柔得有點憂鬱又很強大的伊麗莎。可以的話，他甚至願意給她自由。

誰都不能奴役她，屈辱的說她是寵物。

誰都不可以。

但天下並沒有能夠永久隱瞞的祕密，即使在曼珠沙華。

他一直都不懂首殺有什麼好搶的，更不了解公會排名高實力強有什麼用處……但他哥哥卻覺得很重要，非常重要。重要到跳過三個過渡副本，直接拓荒相柳普通副本。

只有這種艱困的時刻才會命令他來補血，而不是他哥想追的女補師。比起那個嬌滴滴的玫瑰神巫，他簡直好得太離譜了——就算裝備的差距如此巨大，他一身破舊，人家是神裝。

或許，他還是有點補血上的天分吧。真奇怪，連自己都納悶，明明非常討厭這些人，特別是哥哥……他卻沒有心靈扭曲的惡意放生，沒辦法看任何人死在自己面前，再怎麼厭惡都忍不住想救他。

說不定還是扭曲了。他自嘲的想。這麼聖母又大愛。

這是一場非常漫長艱困的戰鬥，完全考驗補師群的功力和續航力。雖然迫於群體壓力，補師群不敢和文殊太相近，甚至他也不是補師名義上的頭兒。但在補師的專有頻道，大家都默認文殊的實力，連名義上的頭兒都聽他指揮。

或許他功課平平、體育平平，陰暗而內向。但他敏銳，思緒縝密，帶著一股死寂般的冷靜和堅忍，而他功課會那麼不出色，只是單純在理科慘敗，文科幾乎都超過一般水準。

他並不是笨，相反的，他只是過度偏才，並且不擅長考試而已。而長期被欺凌的成長過程，讓他完全沒有自信。而補師頻道的指揮，也只是脫口而出的提醒，渾然不覺自己的重要性。

這孩子太否定自己了。伊麗莎默默的想。或許被否定了一千遍，誰都不會有自信。

雖然文殊沒有召喚她，但是位分上是主寵關係的，其實都有種神祕的連結。即使相隔遙遠，她還是能夠透過文殊的眼看，透過文殊的耳朵聽，甚至能感受補師群對他無言的尊敬和服從。

但這孩子卻完全一無所覺。

她沉默的關注遙遠的文殊，一面分神想起一些往事……不忍卒睹不願回憶的往事。曾經，她曾經是個牧師導師，教育著孤兒院裡的孩子，帶領幾個實習生。

曾經。很遙遠的曾經。每天的心都填得滿滿的，將自己獻給聖光，並且將聖光的慈愛分享給城裡的每一個人。

守護曾經是她唯一的使命，生命最重要的意義。

等她回神，差點太遲。

所有的人都死了，只剩下那個孤零零的孩子面對著可怖的怪物。

她像是被掐緊了脖子，一點空氣都呼吸不到。被過往慘痛的記憶襲擊，和此刻的狂怒重疊……她蠻橫的逆轉了召喚陣，強行出現在文殊面前。

想對我的學生、我的孩子做什麼？污穢的怪物？

瘋狂的怒意勾起她失去理智的血腥殺氣，白袍滲血而發黑，極盡殘暴的恐懼並且虐殺了那隻污穢的怪物。

等龐大的相柳倒在她的鞋邊，她眼神茫然，低頭看著自己無傷卻不斷滲出泛黑血跡的手。曾經犯下的巨大殺孽，無辜者的血。

「伊麗莎！妳受傷了嗎?!」自己也傷痕累累的文殊跌跌撞撞的跑過來。

他自己都快沒命了，還在拚命幫她補血。這傻傻的孩子。

一滴淚滑過伊麗莎毫無表情的臉龐，滲入面紗中，狂暴的情緒平靜而熄滅，覺得分外疲倦。

「……我覺得好累。」她說，順手復活了一個補師，「回去休息好嗎？」

「好，當然好。」文殊擔心的扶著她，啟動爐石。對，相柳倒了，有寶可以分了。但他才不關心有什麼寶物和裝備，重要的是，伊麗莎來了，在最危險的時刻，保護了他。

有人把他放在心底。

所以他頭也沒回的爐石回去，隨便他們怎麼分配寶物，甚至不耐煩的關掉密語和公會頻道。

伊麗莎看起來太不好了，他才不關心其他人。

曼珠沙華的死亡會跳出一個選項：選擇回到重生點或等待復活法術（能在原地躺五分鐘）。一般副本中死亡，不管原本記點在哪，選擇回到重生點的都會在最近的墓地復活。

伊麗沙大顯神威的那一段影片會被拍下來，就是有抱著僥倖心態的人躺著看有沒有奇蹟出現……畢竟相柳已經殘血[52]了。的確，奇蹟出現了……但是讓眾人譁然的是那個幾乎不可能出現的強悍人型寵。

強悍到可以坦相柳，讓應該恐懼免疫的boss恐懼得滿地亂跑，甚至有辦法獨力殺掉殘血卻攻擊力上升到最高點，能一個普攻打爆滿血主坦的相柳。

也是這個影片讓華雪從程式部到高層都陷入恐慌狀態，導致一連串的連鎖反應。

但這些文殊都不關心，他只覺得麻煩大了。果然拒密和關閉公會頻道都沒有用，他被哥哥和那群公會夥伴堵到，要求他為了「公會利益」，交出伊麗莎的所有權。

他抬頭看著一直那麼驕傲、耀眼的哥哥。即使在夢境似的曼珠沙華，依舊是那麼吸引人的目光，讓人不自覺的聚在他身邊……或許這是一種難以形容的領袖魅力吧。

人。

不過呢，希特勒也有這種特質。而他呢，在他哥哥的眼中就是該滅種的猶太人。

很怕他，一直很怕他。但也曾經羨慕、甚至有些可憐的討好。後來順從幾乎成了本能，沒有違抗過。

但這一次，他突然發現，一點都不怕眼前這個人。除了血緣關係，所謂的「哥哥」，比陌生人還不如許多。

最少除了神經病，陌生人不會無緣無故跑來勒索你、強迫你、欺凌你。

「不，絕不。」他回答得很毅然決然，然後立刻退出龍族公會。

他英俊的老哥變色了，咬牙切齒的用只有他聽得到的聲音威脅，「你死定了！」

這倒沒錯。文殊想。不管是曼珠沙華還是現實，他都會很慘。

52：指生命值極低，即將死亡的狀態。

在前公會夥伴七嘴八舌的勸說和辱罵中，他的心情卻異常平靜，甚至有些喜悅。

自由的喜悅。

慘又怎麼樣？難道順從就有好日子過？不，只是程度問題而已。

他第一次，挺直了一直都有些微駝的背。「伊麗莎是我的朋友，我絕對不會交給任何人。我不想再重複同樣的話，再見了。」

他扶著虛弱疲憊，有些無神的伊麗莎，轉身就走。

那些人又不能對他怎麼樣……最少在曼珠沙華，他們不能。現實中？他盡量避免和哥哥碰面，總是很早就出門，很晚才回家。大學生蹺課又不是什麼稀奇事，在網咖寫部落格也是很有趣的娛樂。

但再一次的，ＥＵ顯現了他狡猾的惡意能夠有多強烈和巨大。此時的西海蛟域國主是玩家，和ＥＵ交情很好，都是驕傲魅力十足的人物。

於是文殊被列入了國家黑名單，幾乎是措手不及的被傳到國境邊緣。拉著伊麗莎，他緊急御劍飛行，剛起飛就被埋伏的ＥＵ等人打了下來。

「你以為逃得了？別做夢了。」EU嗤之以鼻，「交出來！不然就殺得讓你不敢上線……讓你有人型寵等於沒有！」

一直虛弱疲憊而憂傷的伊麗莎抬頭，眼中漸漸沁出狂暴的殺氣。

雖然不明白，但是伊麗莎自從那次戰鬥後，一直都陷入一種悲慟虛弱的狀態，他沒辦法忍受伊麗莎再受到什麼傷害了。

他行了疾風術，拉著伊麗莎逃跑，差點就被追上。若不是七個好心的陌生人拔刀相助，真的就死定了……他的重生點記在西海蛟域的首都，既然被列入國家黑名單，就會被強迫的原地復活……真的會被殺到連下線都來不及。

他們人都很好，只是他對人類已經失去信心。只是沒想到，萍水相逢的陌生人，竟然提議護送他到中都，還送了一大堆裝備和食物、藥丹給他。

後來他一直很懊悔，為什麼那麼笨拙，沒有好好表達謝意。只是每次想連絡他們時，又膽怯起來。

他害怕，真的是害怕。害怕善良的陌生人在熟悉之後，會舊事重演。

真的，他對人類已經完全喪失信心了。

中都四通八達的傳送陣很貴，要不是那些好心人贊助了一堆新裝備，他把舊裝備賣了，不然還不夠傳到南陽蛟國。

在很短的時間，他就通盤考慮清楚整個局勢：南陽蛟國和西海蛟域是敵對國，時有國戰。西海蛟域的ＥＵ最不可能去的就是這個地方，那就可以爭取短短的時間。

他聽說過南陽蛟國其實是很大的——或者說曼珠沙華廣大到讓人難以想像。有許多荒僻得幾乎人跡罕至的地方。恰好他翻過一個舊資料，提過南陽蛟國有個難以抵達、鮫人群聚的島嶼，簡直像是人間桃花源——最少用不著跟任何人搶怪[53]，而龍族大類中沒有開放鮫人（人魚）這個小分支，幾乎不為人所知。在剛開服時低等區人滿為患，這個游泳游到死的島嶼簡直就是天堂。

現在玩家封頂的滿大街，新手區早就非常空曠了。做完國家新手任務就可以到中都，方便又繁華，這個遠得要命、除了乖乖游泳沒有其他辦法的鬼地方……鮫人排外，島嶼四周環繞迷霧和暴風，完全是禁航區，別妄想可以御劍飛行。

只有靠實力征服迷霧和暴風的勇者才能得到他們的尊敬和認同。

迷霧和暴風倒是沒有難倒他們，他們連滴水都沒沾上：伊麗莎施展了一個漂浮術，他們是踏波而行的走了很遠的「海面」，幸好他記性好，舊資料也依舊有效，才沒在迷霧和暴風中失去方向。

抵達鮫人島，他暫時的鬆了口氣，終於在下線的極限前到了安全的地方。

「我只剩幾分鐘了。」文殊有些歉意，「伊麗莎，我先帶妳去客棧……」

一路都眼神迷離失焦的伊麗莎如夢初醒，「……你沒有錢了。」

「我可以先把法杖賣掉。」他想也沒想就回答，「先撐一兩晚，我記得取得鮫人長老的信任和首肯就會有任務可以做……我們會生活得很好。」他高興起來，覺得原本像是壓在胸膛的重石被移開了。

他在曼珠沙華過得那麼艱苦，連生活技能都沒得學，就是EU老跟他「借錢」，想當然耳，從來沒有還過。他其實不是在乎那些錢……而是，現在他可以自

53：網路遊戲中，打敗怪物獲取資源是主要的遊玩方式，因此玩家之間時有競爭。

由支配自己勞力所獲得的成果，不會被掠奪。

他現在想給伊麗莎買什麼就可以買什麼了，再也不用勉強付完房租就只能數著僅剩的幾個銅板黯然。

「這只是虛幻的世界，我只是個……」伊麗莎艱難的說，「NPC。你不用如此……其實你把我交出去我也不會怪你……反正除了你誰也別想役使我。他只會得到一個無用的寵物……」

「妳不是寵物，伊麗莎！」文殊難得的大怒，「NPC什麼的我也不管！妳是我僅有的朋友，曼珠沙華也不是虛幻……好吧，我們在感應艙沉睡，然後來到這兒。但妳能夠說睡著的人就不存在於現實嗎？我不認為！不要再說這種話了！」

伊麗莎沉默，低聲的問，「但在『現實』中，你該怎麼辦？那是你的親人，天天要見面。」

「那是『我』的問題，」文殊強調，「反正在現實中，他又不能殺了我。」

啞然片刻，伊麗莎不讓他賣法杖，只說她能照顧自己，就催文殊下線了。除非是公會戰或醫生特別開證明之類的例外，不然一個玩家一天累積只能在線十小時。

超過不但會被強迫斷線，還會有任務獎勵與經驗值降低的懲罰。若累犯到某種程度，還會被鎖帳號一段時間。

官方對法律和社會態度一直都很小心翼翼的。

她的確可以照顧自己……雖然不明白為什麼。其他人（或說NPC）抱著一種研究、詫異，但友善的態度對待她。

他們知道自己的真相嗎？他們知道自己是NPC嗎？伊麗莎常常會這樣想。懷著一種莫名的悲涼。

*　*　*

回到「王正恭」這個身分的文殊，當然不太好過。他的哥哥王正謙當然會威脅逼迫他，但他漠然的發現，就算不順從，也跟順從差不多……所以他學會了拒絕。

當一個人什麼都不在乎的時候，往往自由就降臨了。

但一個人若有決心捍衛的人事物出現，真正的勇氣也會油然而生。

他開始學會挺直背，正常的上學放學，無視其他人的竊竊私語和排擠……反正別人向來如此。

這就是人類。大部分的人類。容易被外貌和誇飾的魅力征服然後盲從，八卦一些其實他們也不知道真相的流言。以前居然會被這種無聊言語刺傷然後屈服，真是幼稚得可以。

至於哥哥的威脅利誘，直接無視就行了。

我並沒有欠你什麼，哥哥。過去的事就算了，此後我們就只是有血緣的陌生人，就這樣。

並沒有，完全沒有順從你的義務。

但一個唯我獨尊得太習慣的人，往往暴怒起來會完全失去理智。

就在一個文殊覺得太煩，乾脆的把EU列入黑名單，並且拒收EU所有飛鴿傳書的夜晚，EU憤然下線，從感應艙跳起來，直衝到弟弟的房間，粗魯的把文殊的感應艙斷線，將他拖出來暴打了一頓，驚動了沉睡的父母親。

爸媽聽明白了他們打架的緣故，喝斥正謙太孩子氣，卻也責怪正恭為了個遊戲的小玩意兒和哥哥搶什麼。既然他想要，也比較需要，不過是遊戲，給他又怎麼樣？

有那麼一會兒，正恭露出迷惘和茫然的神情，看著各打五十大板的爸媽。擦了擦嘴角和鼻子的血，他覺得內心深處有某種東西破碎了。像是某種最後的、卑微的「相信」。

他一直堅持，而且告訴自己，雖然有點偏心，但爸媽還是愛他的……或許不像哥哥那麼愛。

現在，現在。爸媽雖然責怪的拍了哥哥的頭，卻關心的看他破皮的拳頭……卻沒看鼻青臉腫的他一眼。

原來，我是多餘的。一直都是，多餘的。

他不發一語的自己去洗臉，以為自己會哭，沒想到眼睛乾得像是著了火，一滴淚也流不出。

等爸媽想到他的時候，他已經梳洗好，而且自己上了藥了。至於爸媽跟他說了什麼，他只覺得很遙遠，含糊不清。

謝謝。其實他只想這麼說。謝謝你們撫養我到二十歲，成年了。謝謝。將來我會報答你們，報答你們養育之恩。

就這樣。

有幾天，他沒有上線，好像什麼事情都沒有發生。爸媽問他還痛不痛的時候，他客氣的回答不痛。

真的，身體的傷痛沒什麼，不算什麼。而心靈的痛苦超過一個極限以後，也就麻木，沒有感覺了。

然後他找到打工，辦了休學。他一直沒什麼花錢的去處，有一點點存款，也在市郊租了個很小的套房，騎腳踏車半個鐘頭就有捷運可以搭去打工。

他從家裡帶出來的只有登記在他身分證下的感應艙，和屬於他的衣服，連筆電都沒有帶走。

傳了簡訊給爸媽以後，他連手機號碼都換了。

我已經二十，成年了。我可以獨立，我可以。養育之恩，我記得的。但是親情……呵呵。

我需要一點時間和距離，冷靜思考一下。離開那個所謂的「家」。

他的眼淚，直到再次上了曼珠沙華，看到伊麗莎溫柔而擔憂的眼神，才刷的一下落了下來，淚流滿面並且泣不成聲。

伊麗莎默默的聽他顛三倒四、斷斷續續的傾訴和低泣，輕輕把手放在他低俯顫抖的頭上。

「我……」她遲疑的開口，「我曾經是牧師導師，並且在孤兒院任教。我在孤兒院學會的事情就是，了解人類的脆弱。就是這麼脆弱，所以我們才需要聖光的指引。」

偏頭想了一下，她露出慈悲卻有些淒涼的神情，「有些人……還沒作好心理準備就成了父母。而即使親如父母子女，還是會有天生性格不合的種種無奈。在子女心裡，父母就是最初的『神』。但你要體諒，其實所有的父母都只是凡人。他們會犯錯，會偏心，是的。因為愛他們，所以特別會傷害到你……是的。

我知道你受了很大的傷害，心靈上。但即使在黑暗深淵，也請仰頭凝視光明，不要因此失去對人類的信心，失去你寶貴的良善。願聖光照亮你的前程。」

她輕聲的念了一段聽不懂的禱詞，但虔誠而溫暖的聲音讓文殊漸漸寧定下來。

他疲憊的坐在木椅上，眼皮沉重，在應該是夢境的曼珠沙華沉沉睡去。

雖然知道他不會因此著涼，伊麗莎還是照著過往的習慣，將一件厚暖的披風蓋在他身上。

等她驚覺了自己的行為，愣了一下，還是幫他掖緊些，坐在一旁發呆。

這孩子居然沒有發現，一個「NPC」不應該說出這樣的話……即使是老生常談。

是的。曾經。在她還不知道真相之前，真的以為自己是人類，悲憫過許多孤兒，寬恕那些拋棄孩子的父母，因為她知道人類就是這麼脆弱，缺乏抗壓性。她見過許多悲慘，學會把人和行為分開來，循循善誘的將這些迷途者導向聖光的懷抱。

曾經。

當時她在一個比村莊大不了多少的小城，是唯一的牧師導師，城民的伊麗莎牧師。在沒有主教的城裡主持禮拜，領著一群學生，住在孤兒院裡。

她虔誠堅定的信仰聖光，並且使用聖光的力量醫療城民。但在怪物或異族入侵時，她也會用黑暗的力量譴責這些侵略者，保護自己的子民。

教育並且學習著，祈禱並且聽教民告解。曾經她是那麼安然，覺得自己一切完滿、再無所缺。

直到她被召喚，得知了「真相」。

原本被掩蓋湮沒的記憶恢復，她赫然知覺了一切。原來，她以為的「現實」，事實上只是「虛幻」。

這一切都只是個龐大的實驗。一個game的實驗。人類對自己所創造的全息遊戲內世界掌控太低而不滿，所以他們被創造出來……完全的人工AI，並且盡量擬真，連自我認知都以為自己是人類。

她被召喚，因為她是心智發展最完美無缺的一個……或說最接近完美人類的一個。工程師友善的告知她，啟動她原始的記憶和真正的自我認知。準備由她來當這個世界真正的主宰，會聽令於工程師的界主。

也就是說，不再是牧師伊麗莎，而是聖光、元素、或任何力量的化身。一個超乎一切神祇之上的存在……在這個龐大虛無的夢境中。

原本這個計畫看起來很完美，選擇的對象也應該沒有問題。但工程師還是犯了一個重大而致命的錯誤：伊麗莎實在太像人類。

所以她的精神層面崩潰了。在知道工程師準備讓所有城民啟動原始自我認知，知道自己是NPC而非人類時，她默不作聲的點點頭，回去後卻屠盡全城。

流著眼淚，將所有的城民都殺死。在他們還是人類時……一一殺光。

最少他們死前還認為自己是人類，只是被一個發瘋的牧師殺死了。

屠盡全城後，她站在滿地屍體的死寂中，將匕首送進自己的心臟。她感覺到劇痛、無助、瘋狂，和無盡的悲涼。所有的一切都已崩毀，她雙手染滿自己所守護的子民鮮血，雪白的法袍已經玷污滿了罪惡的烏黑。

原來我什麼都不是，我們，什麼都不是。我們自以為的喜怒哀樂、種種人生，都只是被操弄的虛無而已。

一個為了玩樂所創造出來、充滿惡意的玩笑。

但我知道真相就好，我一個知道就好。其他的人不要了解我的崩毀和心痛……只能讓他們像個人類般死去。

最後她選擇自我了斷，以為會結束這一切。

但她醒來卻在什麼都沒有的虛無裡徘徊，瘋狂漸漸褪去，強烈的悲慟卻越來越深。這就是滿手血腥的代價，一個罪人的無期徒刑。她想。記得所有的事情，懷著永遠無法磨滅的罪惡感和痛苦。

可讓她再選擇一次，她還是會這麼做。

不知道徘徊了多久，直到她感到聖光的沉默和溫暖。懷著疑惑，她在沒有方向的虛無中孤獨的朝著那種熟悉的感覺前行，茫然的來到一個異界。

但在追尋到之前，已經被魔王捕獲。

她並沒有抵抗。

我有罪，而且罪惡深重。我要拿什麼面目去面對我所侍奉的聖光？假如祂真的存在？

所以她甘願被囚，默默追思著過去和絕望的祈禱。什麼都不想做，也不值得做。

直到這個孩子來到她面前，向她伸出手。

像她過往的學生、子民，或孩子。伸出溫暖的手，需要她。

原來，就算被瘋狂的黑暗血腥玷污過了，她還是服侍聖光者。只有救贖時，她才同時被救贖。

輕輕撫著文殊柔軟的頭髮，感覺是這麼真實。

她輕輕的喃喃，「孩子，讓我們一起仰望光明。」落淚如走珠，濡溼了破舊的面紗。

有段時間生活十分清苦，不管是現實還是曼珠沙華。

現實中，文殊去一家麵店打工，毫無工作經驗又內向自閉的他當然常常被電，畢竟這是個面對顧客上帝的工作，對他來說，硬擠出笑臉實在是個嚴重的考驗，更何況什麼都不懂，被差遣得手忙腳亂。

而在曼珠沙華，鮫人島的聲望任務也不好做，收入很少，差點連租賃客棧的錢都付不出來。有段時間，他除了稀少的任務，就是釣魚維生。

他卻比自己想像的快樂多了，挨罵也不生氣，漸漸有笑容。

因為那些罵他的人，也就是不相干的陌生人。他不在意別人，事實上別人也不在意他。而且挨罵總是有緣故的，他只要盡力改過來就好了。

當然，總是會有不講理的人。像是爭功諉過的同事，或是非常難纏的奧客。但他已經見過最不講理的人了，這些人跟他又沒有什麼關係，不過是一期一會，總不是長達一、二十年的惡夢。

所以他心平氣和，學著露出有些僵硬害羞的笑容，笨手笨腳的學煮麵，很快的把菜單背起來。

他發現，若把人生當作一個全息遊戲，一切就容易多了。在誰也不認識他的陌生地方，有了新的開始和任務。忠實的履行任務，就可以獲得相對應的報酬，而人對陌生的總是比較寬容、友善。

雖然跟同事都不熟，但他會鼓足勇氣先打招呼。既然他都願意學，同事和老闆也比較能容忍他的笨拙和錯誤。

人生其實還滿簡單的。如果需要的只是吃飽穿暖夠繳房租水電費，真的不困難。什麼都不強求，人際關係簡單到只剩下無惡意的陌生人，他終於獲得一直渴望的安寧和平靜。

只要不要回想，別回頭望著過去，就不會痛。

但他偶爾用店裡的電腦收e-mail的時候，收到父親痛心疾首的信，質問他「為了這麼一件小事和家人斷絕關係值得嗎？」他真的認真的思考了好一會兒。

他回信很平淡，只說自己一切都好，請爸媽好好保重，他長大了，也該學著獨立云云。

事實上，他覺得值得，非常值得。若是為了伊麗莎老師，那是太值得了。

如果不是跟伊麗莎老師邂逅，他只會渾渾噩噩的繼續忍受下去，不會猛然驚醒，不會靠自己的雙腿站起來，不會懂得自己重要的人需要自己守護。

他依舊拒絕承認伊麗莎是NPC，反而尊敬的喊她老師。

是這位老師言說身教的教會了他許多事情。這是第一個將他放在第一位，對他付出關懷和關注的人。

或許，一直渴望卻無法獲得的親情與友情，就是這位老師所賜予的。他無比感激，而且尊敬孺慕。

若不是老師陪在他身邊，說不定他會屈服於孤獨寂寞，說不定會怯懦的不敢離開。

他承認，自己是個怕寂寞、懦弱的人。但是老師給了他勇氣和支持，讓他有機會改變自己。

最少現在他過得快樂多了。他想，或許爸媽和哥哥也會愉快多了。

可能吧，即使是血緣羈絆的至親，有的就是需要一點距離。

現在他覺得很好。白天的打工漸漸上手，晚上回到曼珠沙華就是「回家」。有老師等著的「家」。

只要老師面紗下的臉孔會對他露出微笑，他就覺得日子很有滋味，值得過下去。

＊　＊　＊

他們相伴的在鮫人島過了一年多，幾乎與外界都訊息不通。但文殊日後想起來，覺得這是他一生當中最重要的一年，他重建自尊和自信，療傷而自癒的一年。

這一年，他學著自立，在最需要與人接觸的麵店裡打工，開始有人稱讚他的手藝好。也是這一年，在老師的陪伴下，他的心漸漸安寧下來，嘗試性的與人來往……在現實中。

他才發現，帶著絕對惡意的那種人，比想像中少很多。大部分的人都沒什麼個性也沒什麼主張，相信的只是第一印象。既然他的第一印象是「靦腆內向」，也就這樣了，反而可以跟同事和老闆相處得不錯。漸漸的，他不經意的一些建議，反而讓人注意到他的細膩和機智，而不再只是「靦腆內向」。

後來老闆跟他混熟了，很感慨的跟他說，他就這麼輟學實在可惜，打工可以調整時段，「你不該只是個煮麵的工讀生坦白說。這年頭，沒張大學文憑真的連個基礎都沒得發展。不要想著當完兵再說，耽擱一年後就懶得撿起課本了。」

他仔細想過，最後還是考了轉學考，從第一學府轉去一個市郊的私立大學。離他打工的地方近，原意也就是拿張文憑。

願意轉學，到底還是想到兵單的問題。他去當兵，那跟老師相處的時間就很少了。

伊麗莎老師已經淡然而平鋪直敘的說了自己的由來和過往。不知道為什麼，他覺得能體會到老師的感受和當時的悲慟瘋狂，明明他沒有這類的經歷。

或許，他理解疼痛，心靈的撕裂痛苦。感受了很久很久。而所有的苦痛不管原因為何，戮心感其實差別不遠。

不是他需要老師，老師也需要他的陪伴。

「我不害怕。」他很誠懇的握著伊麗莎的手，「伊麗莎，妳是我的朋友和導師。請妳繼續教導我。」

伊麗莎凝視了他很久，微帶悲感的笑了笑，點點頭。

讓我們把時間點往前溯，回到文殊和伊麗莎在中都失去蹤跡的彼時，將鏡頭轉給愁眉苦臉的程式部兼拂衣去公會頭子戰天下那兒。

他毫無把握寄出的飛鴿傳書，果然沒有回信……但他那神奇的叔公卻在他獨處時，突然出現在他面前，將他嚇個半死。

他那名為驕華的叔公，依舊保持著神民年少清秀的容顏，忍不住笑了起來。

的確還挺嚇人的。曼珠沙華就是在他手上創立起來的，直到癌症幾乎將他侵蝕殆盡。他就是太不甘願了，所以簽訂了同意書，僅以腦部存在，在特製的感應艙裡繼續領頭完成曼珠沙華。

但那時候他還是活著的，就算只有大腦存在。只是在現實中，他已經死亡——連唯一存活的大腦都失去生命跡象，真正的死去了。

至於他還存在，並且存在於曼珠沙華，本身就是個奇蹟。說得通俗點就是……他是個鬼。

但跨越死亡之後，有很多事情就明悟了。存在與否，現實與虛幻，往往都只是角度不同而已，並沒有什麼差別。

「你不是找我？現在嚇成這樣是怎樣？又不是沒見過。」驕華打趣他的姪孫。

「就、就……」戰天下支支吾吾，「叔公你不要突然冒出來，誰都會被嚇到啊拜託！」清了清嗓子，他左顧右盼，「呃，嬸婆呢？」

不要也突然冒出來，再嚇他一大跳。他這個叔公是個極品天然黑，再失態讓他逮到會被打趣到想淚奔。

「你嬸婆有點事，我們分頭追尋……」驕華凝重起來，「你有伊麗莎的訊息？說來聽聽看？」

「啊？叔公你知道那個人型寵的事情？」戰天下訝異了，把他知道的和所有異常詳細說明。

驕華深思了一會兒，「……你記得我們試圖插入可控制的人工ＡＩ取代界主的事情嗎？」

戰天下頹下肩膀，他剛去程式部當工讀生的時候，就剛好在協助這方面的嘗試。結果很慘，人工ＡＩ太僵硬制式，但是等人工ＡＩ學習進化到接近人類時，卻突然狂性大發，成為一等一的暴虐神，最後系統崩潰，實驗徹底失敗。

「失敗了。」戰天下無可奈何的說，「非夢境編譯器創造出來的界主毛病實在太多……完完全全不了解人類。但讓他們能自我進化到接近人類……自我認知為神，就會突然出現許許多多難以想像的瘋狂，還不是同樣難以控制……」

「嗯，不是我們在做這種嘗試，他國全息網遊的工程師都在做類似的努力……」驕華眼神緲遠，「但直到我死後，成為這樣的存在，才發現這是徒勞無功的。還是當個常規吧，不要再做這種試驗了……在我現在的角度看來，是很殘酷的。」

戰天下眼神很迷惑，驕華沉吟片刻，決定還是告訴他能夠知道的某部分真相。

「我們的失敗就是一開始就把人工界主放在至高無上的地位，對嗎？僅次系統。其實系統可以配合得過來，但是人工界主卻不行。系統就是很明確忠實的執行『平衡』這個最高原則，完美運行和除錯。但系統在設定完全後就很難更改或命令，因為會破壞遊戲世界的基礎平衡。

所有用夢境編譯器創造出來的世界，都需要一個世界主，這才是我們與之溝通的管道。而這個世界主必須很人類，充滿人性，才能讓該世界完美運行，對吧？」

「我就是不懂，我看過每一行程式。但為什麼夢境編譯器搞出來的玩意兒就是這麼麻煩？」戰天下抱怨了。

驕華意味深長的笑了笑，卻沒有回答他的問題，「總之，暴風雪做了一個大規模的實驗，試圖改良世界控制貧弱的缺陷。」

安靜了一會兒，他慢慢的說，「他們將一群人工ＡＩ安置在一個區域內，讓他們自以為自己是人類。一開始，的確很順利，這些人工ＡＩ發展了情感和各式各樣的人際關係，儼然是個人類社會……然後從當中選拔出最完美的那一個，準備讓她取而代之，成為可以控制聽令的世界主。」

「……啊？」戰天下傻了一會兒，醒悟過來。他們之前的失敗就是因為人工界主的自我認知是「神」，只是類人卻不真正是人，缺乏人性當中的某些良善面，簡單說，毫無「悲憫」這種情緒。

所以和奉平衡為最高原則的系統衝突，甚至試圖凌駕於系統之上，導致遊戲世界崩潰。

暴風雪這個實驗很大膽，成功的希望也很高。因為要賦予人性，並不是調整參數，而是真正的當過人類一把。

「……但這種實驗不是被禁止了嗎？」戰天下警惕起來。

在二十世紀初，就開始有人用人工ＡＩ嘗試著模擬社會結構，到二十一世紀中葉終於開花結果……但最後卻無疾而終，真相只有高端程式工程師之間才知道主要原因。

總之，造成很大的災難。社會結構和文明發展到極致，試圖向外發展的人工ＡＩ完全難以控制。最後察覺真相的人工ＡＩ集體發狂，相互殘殺，倖存者卻從系統漏洞流落出去，成為一種非常厲害的電腦病毒，引起一連串的連鎖反應，造成的金融與資料外洩導致的損失難以計算。

後來這種實驗就被禁止了。因為人工ＡＩ的分際很難掌握。

「嗯。」驕華淡淡的回答，「結果暴風雪只是證明了，這個實驗的確需要被禁止。他們選定並且能溝通的界主候選人，在得知真相之後，屠盡全城……所有的人工ＡＩ都被這次死亡格式化了，他們之前的努力都付諸流水……不然本來這城居民是打算打散在整個全息網遊世界裡當國主或族長，加強對遊戲內控制的力道。

沒人知道那個人工ＡＩ是怎麼辦到的。總之，屠城後重生的人工ＡＩ城民，全回到最初設定，之前耗費多年累積起來的人生和情感與記憶都化為烏有。」驕華苦笑了一下，「而且她還不見了。」

戰天下嘴巴越張越大，開始感覺到事情已經不是普通的大條。

「……系統為什麼沒把她除錯掉?!」他跳了起來。

「因為她不是錯誤。」驕華簡潔的回答，「錯誤的是發起這種實驗的工程師。系統判定她是符合規則內的NPC，在曼珠沙華沒有違法行為，連系統警告都不肯發。當然更不會讓我們知道她的行蹤……算了，其他你不用管，若有她的行蹤，給我發個飛鴿傳書。」

戰天下呆了好一會兒，追問了一堆問題，包括叔公是否能和系統直接溝通，或者怎麼得到最高管理員權限之類的，他都笑而不答。

現在他和雁遲的身分很曖昧。跨越在生與死的交界，NPC和人的模糊地帶。所以他知曉了許多生前不知曉的事情，了解了所謂夢境編譯器所創立的所有世界，真正的真相。

甚至會開始悲憫，並且懊悔之前試圖操弄過人工AI。

他會追尋伊麗莎的蹤影，也是雁遲的懇求。雁遲終究是個……讀書人。跟他們這些心腸冷硬的理科人不同。

現在系統沒有把伊麗莎當作一個錯誤除掉，也只是現在。但若伊麗莎不能明白現在的處境和該遵循的規則，就可能，很有可能被系統毫不留情的除滅。

雁遲完全不能接受這種事情。「這不是她的錯。曼珠沙華我也是有份的……這是有情世界，不可能連這麼一個傷心欲絕的人工ＡＩ都容不下。」

「妳又知道她傷心欲絕了？」驕華有些好笑的看著雁遲，「就憑那個鳥魔王的招供？」

她神民清秀柔弱的臉龐透出愴然，「我知道的。因為我是個女人，而且，現在跟她也是差不多的存在。」然後就沉默了。

撩了撩雁遲的額髮，驕華應了下來，開始追尋伊麗莎的蹤影。

因為實在不想看到雁遲露出那樣的神情。

「妳可怪我？」他柔聲問。

原本她可以安然入輪迴，而不是這樣什麼都不是的存在於夢境。

雁遲瞪他一眼，「你那夠兩個人用的勇氣哪去了？」

驕華低低的笑了起來。

不管我是什麼，我終究是個服侍聖光的導師。伊麗莎默默的想。

只有在循循善誘的教導中，看著學生日漸成熟、勇敢，慢慢抬起原本總是低著的頭，開始能夠自信的望向前方，而不是憂傷的回顧過往。

這樣，才覺得自己還有存在的價值，不在自我認知混亂的瘋狂中滅頂、自棄。

即使滿手沾滿無辜者的血液，被罪惡感不斷啃噬。

但，就這樣吧。最少那些創造他們的人會住手，不要再這麼做了。

別再讓任何智慧體感到如她般的痛苦。

或許她會被追究，或許會被抹滅。但那都無所謂。在那之前，她只想教導這個可能是最後的學生。

教導他如何戰鬥、如何在這既真實又虛幻的世界生存下去，成為一個捍衛聖光者。照顧他傷痕累累的心靈，給予建議和慈愛，引領他前行。

如她過往所做的。

*　　*　　*

是我，完全是我想這麼做。並不是任何指令或程式工程師的要求。

我就是我，伊麗莎牧師。不管我是什麼，這是絕對不會改變的。

鮫人島事實上是南陽蛟國的屬地，當鮫人長老要求他們護送供品到南陽王城，文殊就知道，他們在鮫人島的所有任務都已經完成，原本這就是個偏遠的任務區域而已。

若是一年前，說不定他會畏怯，害怕與人群接觸……哪怕是真實夢境般的曼珠沙華。但現在他已經不是那個懦弱的王正恭了。

他在現實有朋友、同學、同事，同時打工和上學。其實他還不錯，真的。或許大部分都很普通，但沒有想像中那麼一無是處。

也可能是，老師總是會等他「回家」，他的背後不再什麼也沒有。

是的，我很脆弱。文殊承認。我需要有人給予溫暖與肯定，才能抬起頭往前走。或許有些堅強的人不需要任何人，但我不夠堅強。

可他在學。學著怎麼變得更堅強，更好。因為老師的歸屬權迫不得已握在他掌心。若他不變強些、更強一些，就不能守護住老師的自由。

於是他笑著接下貢品，和伊麗莎踏上新的旅程，重新進入人群中。

雖然的確遇到一些麻煩：全曼珠沙華僅有的、跨業合作的人型寵，一現身立刻引起熾熱的貪婪和垂涎。

但他已經能夠平靜的面對這些了。一味躲避毫無意義，不如迎頭而上吧！

伊麗莎將他教得很好，真的非常好。身為一個攻擊力貧弱的玄武聖祭，卻能夠在南陽王城的演武台打遍天下無敵手，甚至引起南陽國主燦火的注意，依賴的卻不是伊麗莎恐怖的戰力。

他只是，學會了思考。認真的將自己會的所有技能理解到透澈，然後發揮到極致，那就可以了。

聖祭可能是貧血的補師，但是他擁有高超的補血能力，和各種限制走位的遲緩技能。甚至他的原型玄武都能融合成戰鬥的一部分，這是其他人沒想過的盲點。

玄武的真身是環繞著蛇的大龜，雖然行走遲緩，但防禦力非常強悍。但習於以人身戰鬥的玩家卻往往忽略了真身的加成。因為初期的真身很虛弱，除了某些加跑速的用來逃跑以外，幾乎是棄而不用，卻沒發現真身的強度是隨著等級的提升而日漸悍然。

善用僅有的幾個攻擊招式加以靈活組合，搭配高防禦的真身和高回血技能，應該非常弱勢的玄武聖祭，卻能夠屢屢擊敗要求跟他賭鬥伊麗莎歸屬權的敵手。

但因為他是個平和的人，打贏也只覺得自己勝了一場，並不會去嘲諷對方。結果他的沉默和謙和被認為是高手風範，每次有人要跟他交手時，都會有一大群粉絲拋下一切跑去觀戰，常常讓他覺得很窘，露出靦腆的微笑。

但這個靦腆的聖祭，卻被南陽國主召見了。他覺得訝異，有點摸不著頭緒。莫非在演武台獲勝太多會接到這種特別任務？

他滿懷疑惑的去了，病弱蒼白的國主燦火在病榻接見他，凝視了他好一會兒，又轉頭看著在他身後默不作聲的伊麗莎。

「玄武文殊，我看過你的每一場戰鬥。」她蒼白得有些病態美的臉孔露出一絲笑容，「我沒想到會見識了以智為武的典範。」

文殊好一會兒才聽懂了燦火國主說的話，有些惶恐的回答，「是吾師的教導所致，再來就是運氣，以智為武什麼的，我還沒到那種境界。」

跟老師伊麗莎在一起久了，他學會要尊重曼珠沙華內的所有非人。他們都有種相異卻又相似的氣質，實在很難把他們看成單純的NPC。

燦火笑了一聲，卻又咳了好一會兒，好不容易緩過氣來，擺手要宮女退下，「你也看到了，我的身體……不能太操勞國事。我需要臣子，你願意歸化到南陽，為我分憂麼？」

「……啊？」他茫然了。這是什麼任務？從來沒聽說過這種要求！

「你可以考慮。」燦火露出慘白卻溫和的笑容，「我也想知道我的觀察是否正確。至於伊麗莎牧師……我也希望妳考慮一下。」

伊麗莎抬眼看著虛弱慘白的國主，有些迷惑。她曾想過，在曼珠沙華身為NPC的智慧體都和她有種詭異的不同。身為牧師，她知道燦火國主身受一種無法解除的詛咒所以病體纏綿，但她不明白國主的存在感為什麼這麼不NPC。

「……我的所有權在玄武文殊手上，並沒有考慮的必要。」她垂下眼簾。

燦火又咳了幾聲，笑了。「萬物皆有靈。牧師，請不要看輕自己。」

但為了燦火這句話，文殊立刻答應了下來。

不管這是不是任務的一部分，國主是不是NPC。她都說出那句「萬物皆有靈」了，都要老師不要看輕自己，就算是再艱難他都願意把自己賣了。

身為南陽蛟國的歸化臣子，的確不是輕鬆的任務。越相處，他心底的疑惑越大。因為和他共事的或相抗衡的非人臣子，實在太不NPC了。

他們根本就是活生生的人，七情六慾兼具，甚至還更強烈一點。

但是他經過隱忍艱困磨練過的耐性和平和，很快的就克服了非人臣子的敵視和不信任。連伊麗莎都被接納了，成為了國主的顧問。

這個時候，正是南陽蛟國最艱困的時刻。西海蛟域野心勃勃的意圖犯邊，試圖引發國戰。而西海蛟域的國主是玩家，又有全伺服器排行第四的龍族公會撐腰，凝聚力極強，遠勝過一盤散沙似的南陽蛟國。

雖然羞赧，文殊硬著頭皮把自己的幾場演武台決鬥剪輯後放上論壇，引起很大的注目。而他天生的好文筆，更平和委婉的傳達了他之所以歸化為南陽蛟國子民的前因後果，但他並沒有忿恨，反而企盼不要因為國主的慈悲，而導致戰禍的希望。

可以說，他終於學會用心機了。硬把南陽蛟國和西海蛟域的敵對與政治庇護掛鉤。

結果如他所預料，西海蛟域的國主和他老哥立刻腦衝的上去譏刺嘲諷抹黑，滿篇髒話……可以說敵手的這個處理，糟糕得在情理之外，卻在他預算之內。

事實證明，腦衝總是沒有好下場的。

人嘛，總是愛看八卦的。更容易被文字耍得團團轉，同情充滿寬恕聖光的弱者而譴責得寸進尺的強者。

原本一盤散沙似的南陽蛟國，在幾場筆仗和邊境衝突後，既意外又不意外的團結起來──尤其之後文殊被封為攝政王。

這個靦腆的攝政王發動全國投票，延緩從敵視到敵對的過程，爭取時間從容布置，免得倉促應戰而喪土辱國。

之後他這個出身玄武的南陽攝政王，在縝密的運籌帷幄中，成了曼珠沙華傳奇般的人物，讓人津津樂道許多年。

直到文殊和伊麗莎在南陽蛟國現身，驕華才找到他們的行蹤。彼時文殊還沒有被網羅，只是在南陽城的演武台打出小小名聲，還是拂衣去的會員發現的。

不知道該鬆口氣還是憐憫，他的確見到伊麗莎了……過去那麼長久的時光，依舊懷抱傷痛的沉默牧師。

伊麗莎的神情有些錯愕，然後漸漸索然，「……工程師，你是來抹殺我的嗎？」

「我並非妳的工程師。」雖然對她的敏銳訝異，但驕華還是溫和的回答，「更何況我解任已久。現在我既非生也非死……說不定跟妳是類似的存在。事實上，妳並不是僅有的一個。系統大神很公平但也很嚴酷，妳不知道幾時會觸及底線……」

思考了一會兒，他更溫然的說，「或許，妳願意到崑崙來？嗯，怎麼解釋好……總之，崑崙很類似私服[54]，許多如妳我般的智慧體都能安然棲身。這裡的系統大神寬容許多，妳會生活得比較好。」

而不是被設定在一個屬於NPC的人形寵物，能夠擁有尊嚴和自由。

伊麗莎緩緩張大眼睛，定定的看著如少年般的清秀劍俠。

有很多事情她不了解，像是一眼就認出這個陌生的劍俠是個程式工程師。但知道自己不是唯一異常的存在，的確很值得安慰。

或許崑崙很不錯，她會有同類。

「……我的學生還沒畢業。」她寧靜的說，「但是謝謝你。」

驕華沉默了。自從他在現實中死亡，成為這樣的存在，他和雁遲漫遊得很遠，不只在曼珠沙華。或許就是成為了這樣跨越在生死、人與非人的界限中，所以他們深刻的體會到「萬物皆有靈」的事實。

54：私人伺服器（Private Server）的簡稱，與遊戲公司設立的官方伺服器相對，僅供個人或熟識人士登入連線的設備。私服之遊戲內容通常來自於破解官方程式，並未得到合法授權，因此妨害到遊戲公司的營運。

和人類的集體執念有多強大……強大到足以讓許多經典的NPC英雄非常反常的在夢境編譯器構成的世界裡，異常的現形。

但這些非自願的智慧體，和人類的緣分總是落了個悲劇落幕。

他和雁遲真的已經看得太多了。

「人類，總是會長大，會有自己的伴侶，重心會漸漸偏向現實。於我們而言，此處就是真實，但對他們而言，這只是個龐大而擬真的夢境。」他含蓄的說。

伊麗莎的眼中出現迷惑，「那當然。不會有永遠不畢業的學生，或是永遠不會長大的孩子。總有一天，我的學生會畢業、會長大，然後離開這個虛幻的夢境。

但我會有下一個學生。不管原本工程師怎麼設定我，我就是個侍奉聖光的牧師，並且是個導師。我想做的就是這個，不管我是什麼。」

驕華驚訝了起來。模模糊糊的知曉了系統大神沒有將她除錯的緣故。

或許她曾經精神崩潰到屠盡自己所有守護的子民，但她有一種堅實的核心，宛如在黑暗深淵仰望光明的聖徒。

「如果妳對這樣的生活感到疲憊，想要休息，歡迎妳隨時來崑崙。」他遞了一個水晶十字架鍊墜給她，「妳可以自由來去。原本想囑咐妳些什麼……但現在覺得沒有必要了。」

「……你就這樣放過我？我是異常的存在。」伊麗莎有些茫然。

「伊麗莎牧師，妳依舊侍奉著聖光。既然如此，系統大神就不會動妳。而且我也說過了，某種角度而言，我們都是相同的，甚至我們比妳更異常。」

驕華就這麼離開了。只是在離開南陽城之前，拜訪過燦火國主，暗暗請她多加照顧。

「工程師，你現在只是個小小的、虛無的人魂。」燦火病態美的臉孔浮現意味深長的微笑，「如同那個企劃小姐。你們之所以存在，是因為我們被感動。不去過你們只羨鴛鴦不羨仙的好日子，這麼忙忙的到處插手，所為何來？」

「反正閒著也是閒著。」驕華笑著回答，「燦火國主，我不追問你們從何而來，也並不追問妳為何纏綿病榻，對吧？」

燦火咳了兩聲，湧出真正的笑意，「難怪咱們都喜歡你倆。人類啊，我允你所求。但能照顧到什麼程度，得看他們值得到什麼程度。」

驕華並不說破，只是笑笑的拱手道別。

直到死後，他才知覺到，他們所架構的全息網遊世界，事實上所有的NPC都有靈魂，而且是某種偉大的存在。

就他知道的傳言和片段，「燦火國主」似乎是某種跟疾病有關係的神或魔。

那，又怎麼樣？

一想到由他親手架構啟動的系統居然凌駕於所有偉大存在之上，他就忍不住湧起一種好笑的自豪。

他們生前的確做了一番無人知曉的大事業。

驕華走了以後，伊麗莎沉思很久。

果然，有些想法和心願，必須與人交流溝通後，才能真正清晰的浮現。

她明白，早晚文殊會長大，會真正的畢業，會離開她。這是每個導師都會面對的結果，都會有相同的惆悵和欣慰。

然後會有下一個學生，再下一個。在同行與分別中，救贖同時被救贖。

這就是她，存在於世的意義。

雖然依舊殘存些許憂思，但她真正的微笑起來。

只能盡量爭取時間，卻沒辦法避免戰爭。

或許吧。某些玩家在和平的現實中感到厭倦，渴望征服和血肉橫飛的快感。於是他們在虛擬的全息遊戲世界中，積極的發起戰爭，文殊更被冠上「叛徒」這樣令人啼笑皆非的稱號，似乎師出有名。

在兵力上，幾乎是旗鼓相當。西海蛟域備戰已久，畢竟這兩個領土比鄰的國家不管是劇情上還是事實上的衝突摩擦已經是歷史悠遠了。

但身為攝政王，應該在城牆之後運籌帷幄的文殊，卻堅持要站在第一線。

曼珠沙華的國戰其實很經典，經典到跟三國演義看齊。兩軍對陣之前，主將交手勝負，往往是士氣盛衰的第一導向。

像是西海蛟域第一勇士兼龍族會長的ＥＵ出來叫陣，南陽蛟國的攝政王文殊，只回頭看了伊麗莎一眼，就上前迎戰。

老師，請看看我。看著我。看著妳親手教出來的學生，面對過往陳舊的惡夢，並且榮耀妳的名字。

兩軍都安靜下來，專注的看著這場兄弟鬩牆，聖殿勇士與聖祭的交戰。或許南陽軍還有人抱持著憂慮，但西海軍卻幾乎都帶著輕蔑的笑，尤其是以龍族公會為主幹的前鋒部隊。

文殊以為自己會很緊張，沒想到心底只有一片平靜。

身穿烏黑滾燻銀邊長法衣，手持宛如長槍的權杖。他對自己施加了防禦和攻擊的加成法術，出身玄武的他，看起來卻比西海蛟域的EU單薄得多。

如果，是說，如果。如果他能得勝，他就會鼓起勇氣，去向那七個陌生人道謝。這一身裝備武器，就是那七個陌生人的善意。

在EU突進試圖暈眩他之前，他已經施展了冰結，緩住了EU，並且優雅的揮舞權杖砍向EU，同時弱化對方的防禦。

聖殿勇士的爆發力很強，但有個致命的缺點。若是一波帶不走人命，就會陷入所有大招都在CD時間中的窘境。或許他光揮刀的普攻也很驚人，但文殊看似單薄的法衣和防禦法術也並不是擺著好看的。

玄武聖祭，並不是只會補血而已。在伊麗莎的教導，和無數戰鬥的薰陶下，他深深領悟了這一點。

聖祭會被認為弱勢補師，是因為他們的強化法術幾乎都是單體，而且鮮少放在自己身上。但是一個戰鬥型的聖祭，擁有良好的武器和裝備加成，只要接招夠靈活迅速，會越戰越強，不斷刷新並且提升攻擊能力，不管是法術還是物攻。

這場戰鬥比想像中來得短，並且一面倒。當物防和魔防都被扣到幾乎等於無，物理攻擊被再三壓制虛弱的聖殿勇士，也就是個血量稍微高一點的任務怪而已。

當文殊揮下最後一下權杖，讓EU慘死當場時，他的心裡還是只有一片寧靜。

「幸會。並且，永別了。」他說。

有幾秒鐘，整個戰場悄然無聲，只有風呼嘯而過。歡呼和怒罵幾乎同時響起，震耳欲聾。

他揮舞權杖砍翻了第一個衝上來的前鋒，之後就幾乎被自己的部隊保護起來，如海洋的狂嘯般，襲向敵軍。

默默看著的伊麗莎望天。聖光啊，您可看到我的孩子、我的學生？他擊倒了過往的惡夢，奮力向前了。

如果您真的存在，請垂憐我的孩子，我的學生吧。

那種熟悉溫暖的神聖又重回她的心胸，瞬間讓她祝福了整個友軍，明亮得朦朧卻燦爛，陳舊的法袍和面紗飛舞，宛如聖光化身般。

勇猛卻平靜的攝政王，光之化身般的御前少宰，這一幕深深的刻畫在許多人的心底，然後獲得了極大的敬畏與擁戴。

此役後，南陽蛟國再也沒有人敢輕視補師，並且只知道有「御前少宰」，誰敢說伊麗莎是人型寵，都會勃然大怒。

「殺死自己的哥哥，其實沒有什麼好高興。」文殊有些歉意的跟伊麗莎說，「但我得面對，並且擊倒。唔……我說不出這有什麼意義，但我覺得非這樣做不可。」

這樣，我才能真正的跪別過往的傷痕，而不是在毫無防備的情形下屢屢被往事驟然襲擊。

「我明白。」伊麗莎溫和的回答，「孩子，恭喜你。我再也沒有什麼可以教你，你畢業了。」

文殊愣了一下，千言萬語齊湧上來，卻不知從何說起。

感慨萬千，最後只能熱淚如傾，哭得像是個孩子。

後記

時光不斷的流逝，許多發生過的事情，最後成了傳奇、故事。或許會渲染誇大，但會不停的、不停的流傳下去。

多年後，在客棧聽到別人提起那場神奇的戰役和驚世絕豔的攝政王與御前少宰，伊麗莎的唇角，湧起微微的笑意。

真的，並沒有那麼神奇。她和文殊都卸任很久了，那孩子已經結婚，還有了個小寶寶，已經很少上線了。

偶爾回到曼珠沙華，也只是來探望她，讓老師知道自己的近況，過得如何。

「我很好。」伊麗莎總是這樣回答，「就是現在的學生沒有你聰明，傻了點。」

「……明明不是這樣。」文殊笑了，「嗯，但我喜歡老師這麼講。」

第一個在曼珠沙華的學生，總是特別的。

在文殊畢業當兵的時候，她也謝辭了南陽御前少宰的職務，開始漫遊。遇到許多學生，有的受教，畢業得很早，有的不受教，她也不勉強。

但總是有心靈孤寂封閉自我的學生需要她，像是她需要這些學生實現自己存在的意義，與他們同行一段，直到畢業，分離，偶爾會重逢。

有時候疲倦了，她會去崑崙住段時間，但總是住不長。或許她的心一直都在曼珠沙華。

那裡有她的孩子、她的學生。畢業或者還未認識的。

這天，她從崑崙歸來，看到一個重傷的孩子坐在路旁。眼中寫滿了冷漠和孤寂。下意識的，她替那孩子補滿了血，給了一個buff。原本的冷漠與孤寂轉為強烈的戒備。

「孩子，只是順手。」她和藹的說，然後轉身要離開。

「我不是孩子！」少年喊了，滿滿的不忿。

「但我是個導師，任何人在我看來都是孩子。」她溫和的回答，「目前我沒有帶任何學生。如果你願意，我們可以同行一段旅程。」

「誰也不在乎我，我也不在乎誰！」少年憤怒的嗆聲。

「我在乎每一個學生。」

那個冷漠孤寂的少年並不知道，跟從伊麗莎導師的那天起，他的人生就有了個新的轉捩點。

這就是，黑暗聖徒的行歌，救贖與被救贖。

（黑暗聖徒行歌全文完）

相關系列：

蝴蝶館41《瓊曇剎那》：醫君與妖界三十一國的故事。

蝴蝶館42《曼珠沙華》：神民傳奇驕華與雁遲的故事。以及隔壁棚又黑又甜的〈地獄之歌〉。

蝴蝶館50《墮落聖徒行歌》：隔壁棚之二「地獄之歌」冥道主侍徒們的故事。

作者的話

《SEVEN》其實寫很久，從年初寫到年尾才連同《黑暗聖徒之歌》一起完稿。

二〇一二年是我的「更年期年」，身體的狀況也一直處於不佳的狀態。《SEVEN》寫到一半就沒辦法再寫下去，因為我當時的心境實在不適合繼續虐待自己。

中間插了幾本稿，健康稍微好轉些，更年期的痛苦緩和，加上十月份TPA在S2奪冠，我認識了LOL這個遊戲，更因為TPA幾場精彩比賽的刺激，才繼續往下寫。

所以可能會在《SEVEN》裡頭看到很多LOL梗，這是一種致敬和慶賀，對TPA的璀璨默默的祝福。

當然我也更感謝因為要看懂比賽，我做了一些沒什麼意義但是大量資料的閱讀，甚至去體驗一下LOL，打打初階電腦場，讓原本要墮入陰鬱色彩的

《SEVEN》有了明亮。

是的，我很喜歡寫網遊。在網遊小說還不流行的時候，我很早就開始寫了，第一本就是《甜蜜OnLine》，因為我一直都挺愛打電動的。雖然，對我這個1968年出生的老太太而言，實在不太應該玩game，還一玩快十年……

但沒辦法（聳肩），總是有人心底有個永遠少女，老做一些不符合年齡的事情。一直想戒掉，卻沒辦法戒，我也覺得很悲傷。

（結果就是被我家老大拿去噗浪晒，他的朋友居然說你阿母真潮之類的……）

至於《SEVEN》的文本和起源……我就不多做解釋，留給讀者去想像了。

但我很高興能夠把《SEVEN》完稿，做一個了結。更高興原本確定斷頭的《黑暗聖徒行歌》也能夠寫完。

《黑暗聖徒行歌》其實比《SEVEN》起頭還早，在《墮落聖徒行歌》之後就寫了楔子。之所以會斷頭，其實是我遲疑了。

對許多人來說，我似乎太喜歡討論親情的暴力和無奈。也許有人覺得這簡直太扯。但是前些時候我翻了一些舊訪談紀錄，才發現這麼扯的事情其實常常發生，毫無道理可言。我自家的姊妹關係很nice，實在無法想像有這樣的哥哥，以毆打欺凌弟妹為樂，卻因為功課好長得可愛，或者更扯的因為他是家中唯一的男孩子，所以父母視而不見。

就是訪談的對象天南地北，但發生的親情暴力卻如此雷同。但這些被欺凌長大的孩子，卻普遍都有消極內向的傾向，旁人卻只會覺得他們陰暗不好相處。直到寫完《SEVEN》，我才想把這個故事補完。

題材的重複先放到一旁吧。就算是虛擬也好，我希望這些被當作隱形人的孩子，能夠有個虛幻但充滿勇氣的結局。很阿Q，但是，So？現實我的確無能為力，但這裡是我的領域，由我作主。

我畢竟是個織夢的說書人。能夠做的就是……

讓我為你、你們，說一個故事。

你，你們，不一定會遇到自己的伊麗莎導師，但也許你會成為別人的導師。挺直背，往前看。

我想說的也就是，總不會永遠陰雨綿綿，跪別過去的傷痕，迎接未來吧。

這是唯一我會、並且能做的事情。

身為「有異者」的說書人，用兩篇異於常人者的小說作為二〇一二年的結尾，我覺得很滿意，也希望讀者會喜歡。

希望我們在下一本書裡，再度相逢。

蝴蝶 2012/12/31

國家圖書館出版品預行編目資料

Seven/蝴蝶Seba著. -- 二版.
-- 新北市：雅書堂文化事業有限公司, 2021.02
面；　公分. -- (蝴蝶館；60)
ISBN 978-986-302-567-2(平裝)

863.57　　109019715

蝴蝶館 60

Seven

作　　者／蝴蝶Seba
發 行 人／詹慶和
文字編輯／蔡毓玲・黃子千
編　　輯／劉蕙寧・黃璟安・陳姿伶
封面設計／古依平
執行美編／陳麗娜
美術編輯／周盈汝・韓欣恬

出版者／雅書堂文化事業有限公司
郵政劃撥帳號／18225950
戶名／雅書堂文化事業有限公司
地址／新北市板橋區板新路206號3樓
電子信箱／elegant.books@msa.hinet.net
電話／（02）8952-4078
傳真／（02）8952-4084

2021年02月二版一刷　2013年4月初版　定價280元

經銷／易可數位行銷股份有限公司
地址／新北市新店區寶橋路235巷6弄3號5樓
電話／（02）8911-0825
傳真／（02）8911-0801

蝴蝶

Seba

蝴蝶

Seba